굽도 없는 여자

국물도 없는 여자

1판1쇄 발행 2021년 8월 25일
지은이   김성옥
발행인   이선우
펴낸곳   **도서출판 선우미디어**
          등록 ｜ 1997. 8. 7 제305–2014–000020
          02643 서울시 동대문구 장한로 12길 40, 101동 203호
          ☎ 2272–3351, 3352 팩스: 2272–5540
          sunwoome@hanmail.net
          Printed in Korea ⓒ 2021. 김성옥

값 13,000원

ISBN 978–89–5658–677–9 03810

국물도 없는 여자

김성옥 수필집

선우미디어 sunwoomedia

이 성숙한 수확을

김영중 수필가

문인은 누구나 자신의 열정과 능력을 최대한 발휘해서 좋은 글을 쓰고 싶고 자신의 작품집을 내고 싶은 꿈을 가지고 끝없이 창작에 임한다.

수필가 김성옥 선생이 첫 수필집을 출간한 후, 9년이란 오랜 세월 기다림 끝에 두 번째 수필집을 출간한다니 참으로 반가운 마음으로 축하할 일이다. 작품을 쓰고 책을 낸다는 것은 축복된 일이기 때문이다.

민들레 씨앗처럼 미국 땅에 내려앉은 그녀는 이민 생활에서 굽이굽이 겪었던 일들, 마음에 상처, 상실, 절망, 고통, 희망 등을 안고서 그 모든 것들을 가슴속에 묻어두지 않고 글을 쓰고 또 쓰는 습작과 습관의 연속으로 체험한 것들을 수필이라는 고백을 통해 그녀만의 향기와 색깔의 꽃으로 피워냈기에 감동과 광채가 나고, 또 문학으로 승화시켰기에 소중하다. 부정적인 에너지를 긍정적인 에너지로 바꾸며 새로운 삶을 연 것이다. 글쓰기를 시작하면 사람이 달라진다.

문학은 자기 자신과의 대화다. 문학은 자기 내면과의 대화를 통해 보다 성숙한 자기를 발견하기 위한 노력의 한 편린이다. 사람마다 행복한 삶을 영위할 수 있기를 바라지만 바라는 대로 이루어지지 않고 그 안에 행복과 불행이 같이 있다.

자신을 위로하고 격려하며 이끌어갈 존재는 자신밖에 없다. 김성옥 선생의 글쓰기는 그녀의 치유 삶이며 자신을 향한 애정이다. 그녀는 세속에 물들어 물질의 주인이 되기보다는 여행길의 나그네가 되기를 바라는 사람이다. 그만큼 자유를 갈망한다. 그녀는 받는 것을 원하는 이기적인 사랑이 아닌 헌신, 나눔의 사랑을 보여준다. 자신이 가진 것을 사랑으로 나눠줌으로써 얻는 기쁨을 주변에 알려주는 사람이다.

수필은 나를 통해 우리들의 이야기를 만들어가는 작업이며 고통에서 벗어나기 위한 노력이다. 김성옥 선생의 수필은 그녀의 인생, 사랑, 고뇌를 고백한 것이지만 그것은 동시에 타인의 인생, 사랑, 그리고 타인의 고뇌와도 관련된 것이다.

이 성숙한 수확의 글들이 최선의 감동으로 독자들의 가슴을 촉촉하게 적셔주길 바라며 이 책 출판에 축하의 글을 쓴 기쁨을 함께 누리고자 한다. 아울러 거듭 출판의 축하와 품격 높은 문인으로 도약하기를 기대한다.

2021. 8.

첫 수필집을 낸 후, 쓴 글들을 정리하고 보니 시간의 무게만큼이나 책 한 권의 분량이 족히 되었다. 꼬박 9년 만에 두 번째 수필집을 내게 되니 설레며 기쁨이 크다.

누구나 인생을 살다 보면 각기 다른 길목마다에서 보고 느끼는 일들이 부지기수이다. 무의식 속에 스쳐 지날 수도 있고 잡다한 일상 속에 묻혀 잊을 수도 있으며 때로는 앙금처럼 가라앉아 기억 속에서 지워지지 않는 일들도 허다하다.

이 책에 수록된 글들도 내가 살아온 생활 주변에서 너울대는 상념들을 형식과 모양에 구애 없이 졸필들을 묶어 놓은 것이다. 지극히 개인적인 나의 이야기이다.

인생의 고통이란 굴레를 짊어지고 살아왔기에 지워질 수 없는 사연도 담고 일상에서 얻은 소소한 기쁨과 놀라움, 여행하면서 보고 느낀 즐거움, 없애 버릴 수 없는 추억들, 모든 글이 내

사유의 분신들이다. 내 나름대로 애착이 가는 글들이기에 글 한 편 한 편에 내가 겪고 같이 한 사연들이 더욱 하나같이 소중하다.

지난 세월 동안, 기쁨과 행복보다는 슬픔과 외로움이 더 많았지만, 글을 쓰는 일로 시린 마음을 감싸며 견딜 만했음이 큰 감사이다.

세월이란 것이 반드시 문학의 성과와 정비례한다고 보지는 않지만 15년 가까운 문단 생활을 돌아보면서 작품의 미미함을 절감하나 누군가 내 글을 읽고 가슴에 한 점 바람이 스쳐 간다면 더없이 기쁘겠다.

항상 부족한 저를 위하여 가르침을 주시는 김영중 선생님! 존경하며 고마운 마음 가슴에 담고 있다. 재능을 기꺼이 내어주신 벤 박님! 감사하다. 언제나 글 쓸 용기를 주고 응원자가 되는 내 가족들에게 따뜻한 마음과 사랑을 보내며 이 책이 모두에게 기쁨과 보답이 되기를 기대해본다. 정성껏 멋진 책을 꾸며주신 선우 미디어의 이선우 사장님의 수고에 깊은 감사를 드린다.

2021년 여름

다우니에서 김성옥

1월

1월

한 해가 저물고 새해를 맞는다. 아무도 걷지 않은 길이 눈앞에 있고 사람들은 그 길에 첫발을 내디디려 하고 있다. 1월은 축복의 계절이다. 연하장과 덕담이 어우러져 새로운 꿈과 포부에 마음들이 벅차오른다.

이민 생활을 시작하면서 부터는 한국의 명절인 설은 잊고 산지 오래다. 나도 모르게 어느 사이 그렇게 되었다. 짧은 겨울방학이 끝나 가는 날, 자녀들이 신년 인사로 세배를 드리러 오겠다는 연락이 왔다. 모처럼 가족이 모이니 한국식 명절 기분을 내고 싶어 떡국을 끓여야겠다는 생각으로 마켓에 들렀다. 마켓입구에 진열해 놓은 가래떡을 보는 순간 어머니 생각이 나서 마음이 울컥해졌다.

한겨울에도 내 어머니는 명절이면 김이 연기처럼 피어오르는 가래떡을 나무 함지박에 가득 담아 이고 오셨다. 식구들은 김이 무럭무럭 나는 가래떡을 참기름, 참깨, 고춧가루를 섞은 진간장에 찍어 먹었다. 그 맛을 잊을 수가 없다. 친지들과 가족들이 모여 음식을 나누며 덕담과 소망이 오가던 그 시절의 명절이 그리워진다.

사람들은 일 년의 계획이나 소망을 정초에 세운다. 그러나 나는 화려한 욕망이나 계획을 세우지 않을 것이다. 돌아보면 일 년의 계획이나 소망을 성사시킨 해는 열 중, 한 번도 되지 않았다. 새해라고 해도 내게는 어제와 오늘이 별 차이가 나지 않는다. 일상은 매일 되풀이 되는 연속선에 있을 뿐이다. 이제는 내가 처한 자리에서 실천할 수 있는 소박한 소망, 한 가지를 무엇으로 가질 것인가, 그것이 고민이다.

작년 성탄절 음악회에 어느 여인이 바로 내 옆에 앉아 있었다. 처음 보는 순간부터 얼굴 가득 웃음이 피어 있었다. 시종일관 환한 모습이 가시질 않으셨다. 잘 웃는 사람을 보면 부럽다. 꽃을 본 것처럼 따라 웃게 된다. 나는 웃음에 인색하여 웃음을 띤다는 것은 드문 일이어서 표정은 목석같이 굳어 있다. 두꺼비처럼 꾹 다문 입에서 웃음을 피우기란 여간 힘든 게 아니다. 마치 선천성 웃음 장애인 같다고나 할까, 그런데 그분을 통해서 새해의 목표와 실천사항이 생겼다.

웃는 얼굴에 침 못 뱉는다는 말이 있다. 웃음이 생활의 활력소이다.

웃음이 전이 되어 행복이란 리듬을 타게 해주며 웃음은 사람의 마음을 부드럽게 녹여주고 마음의 문을 열게 하여 소통의 길을 터준다.

이번 연초에는 책상머리에 〈웃음〉이란 표어를 세워 놓고 마음을 다지면서 일과를 시작해야겠다. 좋은 일이 있어도 웃을 것이고, 싫은 일이 있어도 웃을 것이고, 일이 잘 안 될 때도 웃을 것이고, 매일 나 자신을 향해 웃을 것을 다짐한다. 내가 지닌 소박한 소망도 그냥 소망에 머물지 않고 열렬히 희구하고 힘써 가면 소망을 이루게 해주는 어떤 힘의 작용이 있으리라 믿는다.

'다른 사람의 좋은 습관을 자신의 습관으로 만들면 된다.'라고 성공의 비결을 말했던 빌 게이츠의 말을 본받을 수 있다면 아름다운 인생이 될 것이다. 이제 뭐 그리 성공할 일이 있을까마는 내가 나를 바꾸는 일도 작은 성공이라고 믿고 싶은 것이다. 아니, 나 자신을 바꾸어 가는 일이야말로 가장 큰 성공이지 않을까.

2월

2월

해마다 2월이 돌아오면 아버지를 생각한다. 생전의 아버지 삶에 내력을 되돌아보게도 된다. 아버지는 훤칠한 장신에 선한 눈, 희고 고운 피부를 지니신 미남형이셨고, 천성이 순후하고 소박했으며 평소 말수가 적은 분이셨다.

사업을 하셨던 아버지는 어쩌다 거래처 사람들과 약주를 하고 들어오신 저녁은 봇물이 터져 나오듯 가슴속에 묻고 계셨던 이야기들을 쏟아내곤 하셨다. 우리 가족들은 그런 아버지를 술주정하신다고 여기며 아버지를 피하곤 했다. 자식들은 각자 제 방으로 들어가서 자는 척했고, 어머니는 그런 아버지를 말리며 안방으로 들여보내시곤 했다.

아버지는 신뢰와 불신, 분열과 화합에 대해 무엇이 바른 삶인가를 가르치려 하셨지만 철없던 우리 자식들은 그 말씀을 건성으로 듣고 외면하기 일쑤였다.

아버지는 외롭게 사신 분이다. 약삭빠른 타협은 모르고 원형 이정을 삶의 철학으로 삼으신 분이다. 성실하게 일하며 정당한 대가의 수입으로 우리 6남매를 가르치고 양육하셨기에 어떤 상황에서도 떳떳하셔서 늘 당당하게 살라는 당신의 소신을 강조하셨다.

가장이라는 책임을 등에 지고 묵묵히 걸어오신 아버지의 인생길은 나름대로 견디기 어려운 외로움과 고독이 마음속 심연 가득하셨다. 이 세상의 모든 아버지의 삶이 다 그런 것을, 나는 어렸을 적에는 그런 아버지를 이해하지 못했고, 돈 많이 벌어오는 친구 아버지가 더 훌륭하게 보였다.

토요일 이른 새벽, 일어나기 싫은 나를 깨워 낚싯대를 접어 넣은 가방을 손에 쥐여 주시곤 집 밖을 나섰다. 한참을 운전해 어느 한탄강 변에 자리를 마련하시더니 접은 의자를 펴놓고 앉히셨다. 아니 내 밑에 남동생도 있는데 왜 여자인 나를 데리고 오셨는지 잠이 그리워 볼이 메었다. 심통 가득한 내 얼굴을 보시며 "네가 아들이라면 좋았을 텐데…"라는 말씀 한마디 하시곤 입질 없는 낚싯대만 종일 바라보고 계셨다.

지금의 나도 가을 언저리에 든 나이이다 보니 아버지의 그 말씀에 많은 의미가 담겨 있음을 알 것 같다.

　친구들 사이에 아버지는 태공 선생으로 더 알려졌다. 성이 강씨셨으니 이름만 바뀐 셈이지만 정말 세월을 낚는 분 같았다. 아무리 급해도 급하게 생각을 안 하시니 내 어머니나 거래처 사람들은 답답하고 갑갑해서 속이 새까맣게 탈 지경이었다. 어쩌면 한량 같은 여유로운 반응을 보이셔도 아버지는 맡겨진 일을 유감없이 처리하셔서 재촉했던 사람들은 무안하게도 하셨다. 또 기술이 좋으셔서 아버지의 손길만 닿으면 남들이 만들지 못하고 못 고치는 것을 완벽하게 해결해 놓으시니 문제만 있으면 으레 아버지를 찾곤 했다. 내가 손으로 만드는 일에 재주가 있는 것은 아버지가 물려준 유전인 것 같아 자랑스럽기도 하다.

　삶에 소중한 것은 약속 이행하기, 상대방을 배려하기, 불신하지 않고 믿기 등의 교훈 말씀들이었다. 이제 돌아보는 내 인생은 아버지의 뜻을 실천하며 살기 힘들 만큼 세상은 내 마음 같지 않음을 수없이 경험했다. 남을 무조건 믿다가 상처를 받고, 배려하다 손해를 보고, 약속은 나 혼자서 잘 지킨다고 되는 것도 아니었다. 이기적이지 못한 내 성격 탓도 있었겠지만, 아버지의 마음이 보태졌기 때문이기도 하다.

꽃샘추위가 발을 디디는 2월 말은 아버지 생신이셨다. 온 가족과 친지들이 모여 하루를 푸근하게 지낸 기억으로 2월은 아버지 생각이 더 많이 난다. 아버지가 세상을 떠나신 그날도 추위가 떠나기 전 이때쯤이다. 왜 2월은 28~29일로 마무리를 한 것일까? 2~3일 동안 말을 아끼고 침묵을 배우라는 뜻이며, 2~3일이 단축되니 미리미리 준비하는 습관을 지니라는 뜻이고, 없는 것을 인정하고 투정 부리지 말라는 의미일까. 마지막 떠나시는 순간까지도 지혜를 일깨우시는 것만 같다.

법 없이도 사신다는 평을 받으신 산 같으셨던, 든든한 내 아버지, 그 아버지의 딸로 태어난 것이 내 인생에 가장 큰 선물이 아닐까 생각해 본다.

때때로 바다에 가면 낚시를 좋아하시던 아버지의 모습이 떠올라 그리움에 눈시울이 젖는다.

"

가장이라는 책임을 등에 지고
묵묵히 걸어오신 아버지의 인생길은 나름대로
견디기 어려운 외로움과
고독이 마음속 심연 가득하셨다.
이 세상의
모든 아버지의 삶이 다 그런 것을…

"

삼월

삼월

계절의 시작이며 새로운 생명이 온 천지를 장식하는 봄이 열린다. 매화, 벚꽃, 진달래, 개나리, 목련… 추위가 떠났음을 알리는 전령들이 축하의 꽃향기로 줄을 잇는다.

북가주 프레즈노 과수밭에도 꽃의 잔치가 한창일 때 들른 그곳 하늘 아래는 온통 하얀색, 분홍색, 노란색과 자색의 물감이 땅 위를 덮는 황홀경이었다. 바라보노라니 탄성을 금할 수가 없었다. 해 짧은 추운 겨울을 이겨내고 부르는 환희의 찬가나 개선행진곡과 같은 느낌으로 다가오는 색깔들의 합창에 감탄했었다.

태양과 바람과 강물의 대화가 이루어 낸 탄생은 간격과 깊이가 있다. 두꺼운 껍질을 벗기는 힘 있는 대화가 있다. 서로의 기분을 이해하고 존중하는 대화가 있다. 그것은 분명 긍정적인 대화일 것이다. 꽃이 열리고 잎이 나올 때 소리 없는 내밀한 대화이다.

정초에 꿈을 심고 가꾼 지 석 달이건만 계획만 요란했지, 이루어 놓은 것이 없어 불편한 마음이다. 모처럼의 시간을 내어 내 자신과 이야기를 청한다. 제대로 살려면 물과 공기, 음식, 마음, 나이를 잘 먹어야 한다는데 무엇보다 나이와 마음을 잘 먹고 있는지 나에게 질문해 본다. 남의 실수와 잘못에 흘긴 눈이, 강다짐을 한 것이 어찌 되었나 돌아보게 된다.

버성긴 세월을 쫓아가노라 잊고 멀리했던 잘못은 변명하려 들지 않으련다. 나누어진 마음을 모아 새로운 힘을 얻어 보는 이 봄에는 버릴 것에 미련을 갖지 말자. 삶에 연연하여 편한 구석이 모자랐던 날들을 새롭게 만들어보자. 그 출발선에서 숨을 고르는 달리기 선수처럼 긴장해야겠다.

군더더기 많은 내 삶을 간단하게 가지치기하고 싶다. 자꾸 가라앉는 자신감, 핑계거리를 찾는 것도 우스운 일이다. 이제라도 긍정적으로 살아 보자. 인생의 황금기는 인생을 새롭게 하는 시기인 65세에서 75세 사이라고 한다. 50대에는 가정을 위해 살았고, 60대에는 자기를 위해 사는 나이라고 들었다. 금쪽같은 나의 시간에 자존감을 높일 수 있고, 또 내가 잘해 낼 수 있는 일이 무엇일까 고민하고 있을 때 친구가 그림을 그려보라고 권했다.

오일 페인팅! 큰 기대 없이 한 번 해보자 생각하고 준비물을 마련하고 친구 오빠의 도움으로 조금씩 배웠다. 시간이 갈수록 아버지로부터 물려받은 손재주 덕인지 그럴듯한 작품이 완성되었고 나 스스로 대견함에 손뼉을 쳤다. 글을 쓰다가도 막힐 때는 붓을 잡고 정말 아무 생각 없이 그림을 그렸다.

3월에 시작한 그림이 일 년이 지나니 4점이나 되었다. 글도 4편을 썼다. 서로 사이좋게 동행하는 세상 벗이 되었다. 내 나름 훌륭한 동무가 함께하니 위로도 되고 외로움도 숨어 버렸다. 서서히 인생을 마무리하는 시기인데 새로운 시작을 하나 싶어 망설이기도 했지만 참 잘한 일이라는 생각이다.

무료해질수록 감성을 살려야지 무감각은 어떤 변명도 통하지 않는다. 사람은 포기하는 순간 핑계거리를 찾게 되지만 결정하면 열심을 내야 할 이유가 생기기 마련이다. 좋아하는 일에 최선을 다하는 습관을 지녀보려고 했지만, 마음만 앞서가고 행동은 굼떠 숫자로는 만족하지 못했다. 욕심의 반대어는 만족이다.

당치않은 욕심을 내지나 않았는지 뒤돌아본다.

　자존감을 높인다고 정신건강까지 좋아지진 않겠지만 상통하는 내용은 있을 것이다. 어떻게 해야 치매를 따돌리고 쫓아오지 못하게 하나, 걱정하면서 부지런하게 두뇌를 움직이며 늘어져 있지 말아야 할 것이다. 이젠 고장 난 내 육신의 완치는 없다. 다만 회복되었을 뿐이다. 오늘도 글을 쓰고 그림도 그려보며 하루를 허투루 쓰지 않으려고 한다.

66

태양과 바람과 강물의 대화가
이루어 낸 탄생은 간격과 깊이가 있다.
두꺼운 껍질을 벗기는 힘 있는 대화가 있다.
서로의 기분을 이해하고 존중하는 대화가 있다.
그것은 분명 긍정적인 대화일 것이다.
꽃이 열리고 잎이 나올 때 소리 없는
내밀한 대화이다.

99

4월의 회상

4월의 회상

　4월이다. 더할 수 없이 화사한 계절이 4월이다. 숨겨져 있던 오색 물감들이 풀려나듯 곳곳에서 빛깔로, 향기로, 모양도 다채로운 꽃망울들이 터져 나온다.

　괴테는 "인간이 행복해지는 비결 중에 후회하지 말아야 한다."라고 했는데, 살다 보면 후회하는 일을 반복하면서 살게 된다. 나 역시 '그때 그렇게 하지 않았더라면…' 하는 아쉬움이 많은 삶을 살아왔고, 그 후회는 이미 엎질러진 물처럼 되돌릴 수 없는 일이 되었다. 그런 일은 두고두고 잊혀지지 않고 '내가 왜 그때 그랬던가'라며 자책하게 한다.

　4월이 돌아오면 부모님께 순종하지 못한 불효가 생각나는 사무치게 아픈 달이다. 꿈에 부풀던 21세 때, 나는 친구의 소개로 한 남자를 만나면서 가까운 사이가 되었다. 데이트하다 보니 자연히 귀가 시간이 늦어지곤 했다.

그런 나를 어머니는 늘 걱정하셨고, 아버지는 꾸중하려고 벼르던 중이었다. 자정이 가까운 시간에 대문을 두드리면 두 분은 졸면서도 기다리셨다.

그날 매번 살그머니 대문을 열어주던 어머니의 인기척이 없었고, 한참을 서 있어도 끝내 문이 열리지 않았다. 잠이 드셨나 생각하고 궁리 끝에 콘크리트로 만든 쓰레기통을 밟고 올라섰다. 벗은 구두와 핸드백은 담장 위에 나란히 놓고 긴 다리를 이용해서 담벼락에 올라가 걸터앉은 후 두 팔과 발을 벽에 바짝 붙여 힘을 주고 뛰어내렸다.

처음부터 그런 나를 쭉 지켜보는 아버지가 계셨을 줄이야! 마당에 내려온 나에게 '다친 데 없냐?'라시더니 내 손을 잡아끌고 집 안으로 들어가셨다. 그 밤, 지당하고 옳으신 꾸중에 "잘못했습니다."라고 머리를 조아려 용서를 빌었어야 했다. 그런데도 '아무 일도 없었고 늦게 들어온 거 외에는 크게 잘못한 게 있어요? 인정할 수 없습니다.'라는 태도로 침묵한 채 다리가 저리도록 꿇어앉아 있었다. 그런 부녀를 지켜보시던 어머니가 "그만하고 어서 주무세요. 이제 안 그럴 거예요. 제가 잘 타이를게요.

너도 잘못했다 빌고 어서 가 자거라."고 거드셨다. 초저녁잠이 많아 TV를 보다가도 잠이 들곤 하는 어머니가 나보다도 더 힘들었을 것이다. 결국 아버지와 나는 누구 고집이 더 센가를 내기나 하듯 서로 오기로 버티며 뜬눈으로 밤을 지새웠다.

다음 날 아침, 등교도 못 하고 집에서 쫓겨나 근방에 살던 막내 외삼촌네로 갔다. 용서를 안 해주는 아버지의 고집이 생각할수록 밉고 청춘의 피가 끓고 있는 딸을 이해하지 못하는 아버지의 잘못이 더 크다면서 원망하는 마음으로만 가득했다.

아버지와 딸 사이에 샌드위치가 된 어머니는 속이 상해 "강씨 아니라고 할까 봐 둘이 똑같이 고집을 피는구나. 당장 아버지께 가서 빌고 들어오라."라고 역정을 내셨는데, 나는 그 어머니까지 미워져 절대 안 들어간다고 고집을 피웠다. 학교도 그만두고 내가 알아서 살 테니 걱정하지 말라고 말도 안 되는 큰소리를 치며 부모님 가슴에 비수를 꽂았다. 지금도 그 때의 내가 너무 한심하고 경솔한 행동에 낯이 뜨거워진다. 사랑과 훈계를 받아들이지 못하면 발전도 성찰도 따르지 못하는 것이거늘.

이제 내가 부모님 나이가 되어 자식을 키우는 부모의 마음이 되어 보니 철없던 시절의 불효가 태산보다 크다. 다시 그 젊은

날로 돌아간다면 어떻게 처신해야 하는지 명확하게 알고 있건만, 다시 그 시절로 돌아갈 수 없으니 쓰라린 참회의 눈물만 나고 때늦은 후회로 더욱 애잔하다.

행복해지려면 후회스러운 일들을 하지 않는 지혜가 있어야 할 것이다. 그러한 노력 자체가 위대한 진화이다. 특히 부모님 말씀에 거역하고 속죄하지 않는 일은 큰 불효이고, 부모에게 순종하는 것이 최선의 부모 공경이며 효도이리라. 그것이 곧 하늘의 뜻이 아닌가.

아프면서도 찬란하고 기쁘면서도 눈물겨운 계절, 4월이 봄꽃 속에 묻혀 간다.

66

지금도 그 때의 내가
너무 한심하고 경솔한 행동에 낯이 뜨거워진다.
사랑과 훈계를 받아들이지 못하면
발전도 성찰도 따르지 못하는 것이거늘.
이제 내가 부모님 나이가 되어
자식을 키우는 부모의 마음이 되어 보니
철없던 시절의 불효가
태산보다 크다.

99

오월

오월

5월, 신록의 5월, 밝은 햇살 아래 서 있지만 코로나 팬데믹으로 우리네 삶은 마냥 어둡다.

5월에는 국가기념일도 있고 집안의 가족 행사도 많다. 코로나19 사태로 정부에서 외출금지령이 내려지고, 가족과도 한동안 만나지 못하며 지내고 있다.

모처럼 어머니날과 생일을 맞는 식구를 축하하기 위해 가족이 한자리에 모였다. 어머니날과 생일이 겹친 나에게 자녀들은 효성을 다해 융숭한 대접을 해주었고 축하의 선물도 잊지 않았다. 고마운 마음이야 이루다 말할 수 없으나 지금은 너나없이 모두 어려움을 겪고 있는 때이기에 자녀들과 가족의 변함없는 애정과 사랑에 행복한 한편으로 미안하여 마음이 편치 않았다.

나이를 먹으니 세상을 바라보는 눈이 달라진다. 나 아닌 남에게 도움이 되는 보람된 일을 했을 때 기쁨이 더 큰 것을 깨닫게 된다. 이런 마음은 인생의 내공이 무르익어 생기는 자연스러운 과정이 아닌가 싶다.

세상사, 인간사, 다 때가 있다는 말을 실감한다. 내가 맞는 지금의 5월은 멈춤의 때이고, 지난해 5월은 움직임의 때였다. 참으로 바삐 살며 보낸 지난 5월이 그립게 회상된다. 여러 행사와 모임으로 꽉 차 있어서 매일 외출했으며, 누군가를 만나고 헤어지며 쌓이는 피로 속에서 보냈다.

반복되는 분주한 생활에 변화를 주면 생동감이 생길까 싶어서 나 홀로 여행에 나섰다. 낯선 환경은 기분 전환에 큰 몫을 해주고 여행이 주는 신선한 느낌도 각별하기에 감행한 것이었다.

5월 말, 자동차로 캐나다 빅토리아 섬까지 1,400여 마일을 혼자 운전해 올라갔다. 유진에서 하룻밤, 시애틀에서 하룻밤 2박 3일 만에 도착한 캐나다! 넓은 영토의 이국적인 풍경이 경이로웠다. 도로가에 70이라는 안내 숫자는 시속 70마일인 줄 알고 신나게 달렸더니 70km였던 것이다. 주유소에 기름 값도 너무 저렴해서 참 좋구나! 했더니 1갤런이 아닌 1리터 값이었다.

왜 미국만 마일, 파운드, 피트를 쓰며 국제적인 도량법을 쓰지 않는지 의문이다. 30년 넘도록 그렇게 길들여 살다 보니 이젠 미터법이 생소하고 따져보느라 계산기를 사용해야만 한다. 백문이 불여일견, 듣기만 하는 것보다 직접 현장에 가 경험해 보는 것이 최고다. 여행을 통해 뜻밖의 사실을 알게 되니 당장 안목이 넓어진 것 같다.

동행 없이 혼자만의 여행은 심심하고 외롭다. 특히 황혼이 질 때는 그리운 사람들이 한꺼번에 몰려온다. 외로움은 밖에서 찾아드는 것이 아니고 내 마음속에서부터 서서히 차오르는 것도 여행 중에 체험한다.

캐나다를 여행하면서 이곳 사람들을 두루두루 둘러볼 수 있었다. 계절의 여왕이라는 오월의 풍경은 캐나다에서도 그 여왕다운 면모를 볼 수 있었다. 흐드러지게 만개한 장미꽃 향기와 싱그러운 풀 내음, 어디서든 나를 반기는 것 같았다.

캐나다를 다녀온 후, 더욱 용기가 생겼다. 2020년 5월에는 고교 동창 넷이서 태평양 해안을 따라 1번 Pacific Coast High Way를 타고 올라가기로 했다. 캐나다 밴쿠버에 '여왕의 정원

Queen Elizabeth Park'과 주변을 여행하기로 약속을 하고 만반의 계획을 세웠다. 버지니아와 조지아에서 달려올 친구, 남가주 사는 친구와 나, 네 여자의 여행을 계획하면서 우선 가슴이 설레고 뛰었다. 여행을 떠나기 전에 맛보는 기다림 또한 큰 즐거움이다.

그런데 한 치 앞도 모르는 인생길에서 우리의 여행계획은 코로나19로 인해 허무하게 꿈으로 끝나 버렸다. 나이가 더 들면 엄두도 못 낼 일이어서 봄나들이 우리의 여행은 시냇물에 떠내려가는 나뭇잎 신세가 되고 말았다. 코로나19의 무서운 위력 앞에 지금 우리는 모두 기다림에 매인 사람들이다. 기다림이 있을 때 그래도 인간은 아름답다.

멈춤의 이 5월에서 움직이는 내년의 5월을 기대하며 다시 여행을 기다릴 것이다. 기다림이 있기에 내일을 포기하지 않을 수 있다는 그것뿐이다.

"

세상사, 인간사, 다 때가 있다는
말을 실감한다.
내가 맞는 지금의 5월은 멈춤의 때이고,
지난해 5월은 움직임의 때였다.
참으로 바삐 살며 보낸
지난 5월이
그립게 회상된다.

"

6월의 길 나서기

6월의 길 나서기

생각하고 기다리던 일을 실천에 옮길 때는 호기심과 설렘으로 마냥 들뜨게 된다. 늦봄과 초여름이 함께 하는 유월이 가기전, 길을 나서기로 하였다.

푸른 하늘에 흰 구름, 파도가 몰려오는 짙푸른 바다, 산호초가 숨어있는 물밑의 색깔 고운 물고기 떼! 가까이하고 싶어 피지FIJI 가는 비행기를 탔다.

폴리네시아인인 승무원들은 얼른 남녀 구별이 안 될 정도의큰 체구에 놀라면서도 애써 침착한 척했다. 야자수 무늬의 복장이 그녀를 더 크게 보이게 했는데 목소리까지 굵어서 힐끔 쳐다보는 실례를 하였지만, 승무원들의 매너는 싹싹하고 반듯하였다. 행복 지수 세계 1위인 나라를 찾아 그 행복을 나누어 받아보고 싶었다.

LA공항에서 11시간 만에 나디NADI 공항에 도착했다. 이른 아침인데도 후덥지근하여 몸이 나른하였다. 바로 여행 스케줄에 맞춰 유람선 일주를 신청하고 승선하였다. 일찍 서두른 덕에 넓디넓은 남태평양의 섬들을 두루 둘러보고 하선하기도 하면서 호사를 누렸다.

세계에서 해가 가장 먼저 뜨는 나라라고 하는데, 크고 작은 333개의 섬 중 무인도가 200여 개나 된단다. 우리나라 남해의 다도해 같을까. 섬 하나에 리조트 하나인 곳은 프라이버시가 철저히 보장되어 유명인이나 연예인들이 즐겨 찾는다고 한다. 달콤한 허니문을 위한 장소로도 그만한 곳은 드물다고 생각되었다.

한참을 지나 사우스 씨 아일랜드SOUTH SEA ISLAND 섬에 내리니 갑자기 소나기가 퍼부으며 반겼다. 뷔페 점심으로 열대 과일과 함께 차려진 그 지방 음식은 내 입맛을 돋우어 맛있게 먹었다.

식사가 끝날 무렵 구름 속으로 내미는 햇살을 받으면서 해먹Hammock에 구름과 태양의 조화가 오묘한 하늘을 올려다보며 오랜만에 마음에 평안과 행복감을 느꼈다.

부러진 산호초와 조개껍데기도 줍고 현지인의 수공예품을 사니 손수 만든 목걸이를 함박꽃 같은 웃음과 함께 내 목에 걸어 주었다. 작은 배로 이동하여 바다 중간쯤에서 잠수함으로 갈아 탔다. 두꺼운 유리창 밖, 니모와 도리의 재롱과 숨바꼭질을 보고, 화려한 빛깔의 물고기들이 떼를 지어 수초 사이를 유유히 헤엄치는 바닷속은 평화가 가득하였다.

가까이 또 멀리 있는 섬들은 휴양객들의 안식처가 되어 편안하게 힐링 할 조건들을 충족시켜 놓았다. 다만 수시로 쏟아지는 소나기와 반짝 드는 햇빛, 그 비위를 어찌 맞추어야 할지 난감한 순간이 많았다.

뱃놀이에 흠뻑 빠졌다가 돌아와 묵은 타노아TANOA 인터내셔널 호텔 식당의 창밖으로 너 댓 마리 고양이가 식사하며 노닌다. 열대 식물들이 늘어선 방갈로형의 방은 조용하고 아늑한 분위기였다.

세계에서 네 곳뿐이라는 어제와 오늘은 가르는 날짜변경선의 기념비적 명소는 매우 흥미로웠다. 동쪽은 어제, 서쪽은 오늘이라니 작은 틈의 공간이 하루라는 차이는 실로 크고 신기하였다.

이튿날 오후, 뉴질랜드의 북섬인 오클랜드Auckland 가는 비행

기에 탑승하여 늦은 시간에 다운타운에 예약한 크라운Crowne 호
텔에 도착했다.

그동안 여행 일정을 소화하느라 피곤했던지 그대로 잠이 들
었다 눈을 뜨니 새벽녘이었다.

호텔 조식 후 시내 관광길에 나섰다. 영국 양식의 집들이 모
여 있는 마을을 지나서 역사 깊은 오클랜드대학, 아트 갤러리도
들렀다. 경관 좋은 곳에 있는 박물관은 아직 개관 시간이 아니
어서 건물만 둘러본 게 아쉬웠다.

데븐 포트 바닷가에서 사 마시는 커피 맛은 촉촉한 날씨 덕인
지 한층 더 그 향기가 짙었다. 지진과 화산 활동이 빈번한 이
나라는 캘리포니아와 마찬가지로 불의 고리에 속해있다. 화산
폭발로 형성된 블랙비치Black Beach의 모래사장은 온통 검은색
이었다. 지남철을 모래에 대니 검은 철가루들이 우르르 몰려와
들러붙었다. 모래가 쇳가루이니 참으로 신기했다. 기념으로 한
움큼 담아 나오는 길 하늘엔 쌍무지개가 걸려 신선한 기분을 더
해 주었다.

다음 날, 드디어 내가 기대했던 호빗Hobbit 영화 촬영장소에
갔다. 뉴질랜드 나라 전체가 영화 촬영지라고 해도 과언이 아닐

정도로 〈반지의 제왕〉과 〈호빗〉 촬영지로 유명하다. 역시 비가 오락가락 하는 가운데 둘러 본 소꿉장난하듯 차려진 세트장이 재미있었다. 영화에 나오는 동네를 한 바퀴 돌고 점심 식사까지 챙겨줘 먹고 나니 대장간의 불길이 따스하게 손바닥에 와 닿았다.

혼자 하는 관광은 호젓해서 좋지만 사진 찍기가 멋쩍고 불편하다. 셀카봉을 써도 생각처럼 잘 찍히지 않는다. 다들 끼리끼리 찍기도 바쁜데 부탁하기도 미안했지만, 눈치 봐서 몇 장은 얻었다.

저녁 식사는 호텔 근처 식당이었는데 한국분이 운영하는 가게여서 어찌나 반가운지 객지에서 벗을 만난 것 같았다. 식당 바로 앞에 있는 세계에서 다섯 번째 높다는 랜드마크인 스카이타워에 올라갔다. 오클랜드 시내 전체를 한눈에 담을 수 있는 기념비적인 장소였다. 그 옆 카지노에는 과연 중국 사람들이 대다수였기에 지나쳤다.

다음 날, 아침 일찍 남섬인 퀸스타운을 항공편으로 갔다.

비행기가 좁은 협곡을 지나는데 꼭 어딘가 부딪칠 것 같은 불안감에 눈을 감아버렸다. 노련한 기장이라야 이곳을 용케 빠져

나갈 것만 같았다. 한국과 미국은 여름인데 기내에서 내려다 본 산에는 흰 눈이 가득 쌓여 있었다. 이곳은 겨울이다. 탑승자 중에는 호주나 근처 국가에서 스키 여행 온 사람들이 많았다.

작은 퀸스타운 공항은 길게 서 있는 원주민 동상 조각 세 개가 붉은 석양빛에 젖어 있었다. 렌터카로 운전하니 이곳은 자동차는 우측통행이다. 운전대가 오른쪽에 있는 일본과 영국에서와 같다. 나는 항상 좌측에 익숙해서 좌회전만 하면 꼭 오른쪽 차선으로 들어가게 되니 섬뜩한 순간이 많아 여간 조심스럽지 않았다.

닷새를 예약한 옥스Oaks 호텔은 정말 근사하고 편안했다. 발코니 앞 넓은 호수, 그 뒤로는 눈 덮인 산이 파노라마같이 길게 펼쳐져 있었다. 벽난로의 불길이 추운 곳을 방문한 이방인을 따뜻하게 품어주니 엄마 품속처럼 포근하였다.

아침에 버스를 타고 산허리를 감아 돌고 돌아 카드로나 Cardrona 스키장에 올라갔다. 사방 눈 덮인 산등성이는 수많은 스키어와 스노우 보더들이 리프트를 타고 올라갔다.

미국에서는 더위가 한창일 터인데 얼은 손을 호호 불어야 하니 참 아이러니한 세상이다. 눈길을 미끄럼 타느라 넘어지고 무릎이 시려도 마냥 즐거운 동심이 되었다. 여왕에게 바치고 싶은 도시라고 '퀸스타운'이라 했듯 여왕 아닌 서민인 나 역시 푹 빠지게 되는 마을이다. 레포츠의 천국으로 다양한 액티비티가 이루어지는 자연환경이니 누구든 이곳에 오면 떠나기 싫어지는 매력 가득한 곳이다.

약 80km에 달하는 강 같은 와카티푸호수Lake Wakatipu 길을 따라 운전했다. 낚시하는 사람들은 연어나 송어를 잡아 올리고 있었다. 양과 사슴들을 자연 속에 방목하여 키우는 목장 주위의 경치가 이곳이 바로 파라다이스 같다는 생각이 들었다. 훼손되지 않고 인간의 때가 묻지 않은 자연은 아름다움의 극치이지 않은가. 그런데 이들 대규모 목장에서 나오는 사슴과 양, 소 등의 배설물로 토양과 강물까지 오염되어 근래에는 축산업을 많이 줄이고 있다고 한다.

다음 날, 세계 자연유산으로 유네스코에 등록된 피오르드랜드 국립공원인 밀포드 사운드Milford Sound를 찾았다. 20년 동안 사람의 손으로만 뚫었다는 호머 터널을 통과하여 본 아름다운 풍광, 한순간 비 개인 하늘의 색깔과 구름의 조화는 말로는 형언키 어려울 정도로 장관이었다. 먼지 한 점 없는 청정 지역에서 들이마시는 공기는 어디서도 살 수 없는 보약 같았다.

선착장에서 우비를 사서 승선하였다. 연중 8개월은 비가 온다더니 역시나 빗발이 흩날렸다. 둘러싸인 1,200m 높이의 산 절벽에서 몰아치는 폭포는 강우량에 따라 생기는 임시 폭포들과 함께 절경을 이루었다. 물안개와 함께 길고 짧게 떨어지는 물줄기가 사방에서 쏟아져 내렸다. 갑판에 서 있자니 빗물에 흠뻑 젖고 말았지만, 다행히 사 입은 우비가 큰 가름막을 해주었다. 유람선 뒤를 쫓아오며 돌고래들이 재주를 부린다. 잘 가라고 또 만나자고 손을 흔들며 인사하는 모양이다. 바윗돌 위에는 물개들이 한가롭게 이리저리 구르며 세찬 빗줄기에 전신 세욕을 하는 것같이 보였다. 때로는 펭귄이나 바다표범들도 나타난다지만 운이 따르지 않아 만나지를 못했다.

좀처럼 직접 비를 맞는 일은 없었는데, 실컷 젖어도 보고 자연에 동화되어 즐거움을 느낀 이번 여행은 평생 잊지 못할 것이다. 아니 꼭 다시 찾아오겠다는 약속을 하고 싶은 곳이다.

6월의 길 나서기, 보람 있고 뜻 깊게 보낸 여행은 미지의 세계에 새로운 발견자가 된 산 공부의 시간이었음을 감사하며 LA행 비행기에 올랐다.

66

한국과 미국은 여름인데
기내에서 내려다본 산에는흰 눈이 가득 쌓여 있었다.
이곳은 겨울이다.
탑승자 중에는 호주나 근처 국가에서 스키 여행 온
사람들이 많았다. 작은 퀸스타운 공항은
길게 서 있는 원주민 동상 조각 세 개가
붉은 석양빛에 젖어 있었다.

99

칠월

칠월

태양의 계절 7월은 폭염과 작열의 열기가 대지를 불더위로 만든다. 1년 중 7월의 태양이 가장 뜨겁다. 해가 뜨거워서 곡식이 무르익고 과일은 영글겠지만, 사람들은 더위와 싸워야 한다. 더위를 피하려는 우리는 이 여름을 어떻게 하면 덥지 않게 지낼 수 있을까 생각하게 된다. 7월의 도시에는 바캉스니 피서니 하는 낭만적인 단어들이 파도처럼 넘실댄다.

7월에는 열기 탓으로 일의 능률은커녕 짜증스럽고 무료해져서 권태의 늪에 빠지기 쉽다. 시원한 자연을 찾아 밖으로 나가고 싶어진다. 며칠이라도 더위를 피해 어디를 다녀와야 할 것 같은 마음이 되어 궁리하게 된다. 사람들은 휴가도 내고 여유를 얻어 일상의 구속에서 벗어나 산과 바다를 찾아 현실에서 해방되어 도시에 등을 돌리고 멀리 떠난다.

피서는 반드시 더위만을 식히는 것이 아니라 마음을 쉬게 하고 영혼을 편하게 할 장소를 찾는 것이기에 나도 피서객이 되어 해협이 많고 갈맷빛 몽밀한 산이 많은 워싱턴 주 북쪽에 올라왔다. LA에서는 느껴 보지 못한 분위기를 이곳에서 즐긴다. 지친 심신을 달래기에 최적의 장소 같다.

이곳에서 봄, 여름, 가을 동안 LA에서는 듣지 못한 빗소리도 듣고, 구름은 넓은 하늘에서 마음껏 조화를 부려 산봉우리에 뭉게뭉게 피어오른다. 커다란 구름을 가득 채운 산머리의 회색 고깔도 만날 수 있었다.

간만의 차를 맞춰 바닷가에 나가 한 사람당 허락된 40개의 바지락조개와 2개의 코끼리 조개를 캐는 재미도 경험하고 그걸 삶아 먹는 기막힌 맛도 보았다. 타주 주민에게는 채취 라이선스 패스도 $36.10로 그곳 주민보다는 조금 비싸나 코끼리 조개 하나 값도 안 되는 금액이다. 물미역을 건지러 허벅지까지 올라오는 물속에서 따 담은 백 팩은 뒤에서 누가 잡아당기는 듯 무겁다. 욕심! 하나라도 더 챙기려는 욕심!

중국, 월남, 태국 등 다른 나라 이민자들의 불법은 용서 못하면서 우린 괜찮다는 내로남불의 정신은 고쳐야 하기에 정해진 무게와 개수에 만족해야 자연은 더 많은 것으로 보상해 줄 것이다. 점점 고갈되어 가는 산물들로 이제는 제한과 금지라는 팻말만 늘어간다.

휴가 여행은 삶의 활력과 기쁨이 된다. 해마다 칠월에는 어디로 피서를 가야하는지 고민하며 계획하는 시간도 즐겁다. 일상에서 벗어나 미지의 세계를 찾아 새로운 세상을 만나는 일, 배움의 알찬 기회를 얻는 것은 얼마나 즐거운 일인지.

피서지에서 챙긴 가슴과 머리에 쟁여놓은 금쪽같은 추억들은 평생에 잊지 못할 사연이 되어 내 보물창고에 채워진다.

팔월

팔월

2020년 8월, 지금 지구상에 있는 우리는 모두 매우 어려운 고비를 맞고 있다. 나 또한 평안이 없는 마음으로 나날을 보내고 있다.

전 세계 코로나 확진자 2천5백만 명, 사망자 85만4천 명, 미국 내 확진자는 6백21만 명, 사망자는 18만8천 명으로 더 늘어날 전망이다.

코로나19로 인한 팬데믹도 감당하기 어려운 판인데 이 와중에 고국에는 태풍과 홍수, 캘리포니아의 560여 군데 크고 작은 산불 피해 소식에 나를 기운이 빠지게 한다.

캘리포니아의 화재로 뉴욕시의 10배, 서울시의 14배 면적에 나무와 풀, 주택들이 전소되고 소방 헬기가 추락하여 인명피해도 생겼다. 10만 명 이상 대피령이 내려졌다는 재해의 보도에 경악한다. 이러한 우울한 뉴스에서 등을 돌리고 싶다. 하루속히 이 어두운 터널 속에서 환한 빛살이 들기를 기도하는 심정이다.

연일 푹푹 찌는 늦더위의 기승에 머리가 띵해지며 권태의 늪에 빠지게 된다. 남가주를 비롯한 미 서남부 지역의 지칠 줄 모르는 더위는 기록 경신을 이어가고 있다. 열을 식히려 집집마다 냉방기기를 사용하다 보니 전기 소비량이 많아져 엊그제도 10시간 가까운 정전으로 일상이 마비되었다. 도리 없이 집 근처의 호텔에서 하룻밤을 보내고 왔다. 지구 온난화를 실감하며 인간의 오만과 무지가 저지른 잘못임을 반드시 깨닫고 문제해결에 나서야 할 지금이다.

코로나 사태 이후, 어디든 마음대로 나갈 수 있는 자유를 잃은 채 온종일 집안에서 무료한 시간을 보내고 있건만 왜 손에 일이 잡히지 않는지 모르겠다. 이 기회에 대대적으로 옷 정리, 살림도 정리하며 간소화고 싶은데 시작할 엄두가 나질 않고 마냥 늘어진다. 삐걱거리며 고장 난 허리가 운동 부족 탓인지 더욱 통증이 심하기 때문이다.

작열하는 태양을 피해 해마다 가던 가족 여행도 이런저런 이유로 취소하였다. 한가로이 구름 한 점 없는 새파란 하늘만 넋을 놓고 올려다보고 있다. 지혜로운 사람은 즐거움을 만나도 괴로움을 만나도 흔들리지 않는다고 했는데, 흔들리며 사는 나는 아무래도 그 지혜의 수준엔 못 미치는 것 같다.

한 치 앞을 내다볼 수 없는 팬데믹 상황이 계속되다 종말이 오는 건 아닌가, 문득문득 방정맞은 생각을 한다. 나야 그런대로 살았다지만 자식과 손주들을 보면 애틋한 심정이 다. 점점 더 악해지고 험해지는 현시대를 어찌 살아남을지 무심할 수 없기에 안타까운 마음이다. 우리 베이비부머 시대는 이제 서서히 사라지지만 X세 세대와 밀레니엄 세대들의 생존경쟁은 한층 더 치열해질 것이다. 경제적 후유증이 심각하다 보니 수중에 400불의 현금도 없는 젊은이들이 적지 않다고 한다, 비참한 현실이 아닌가, 학교를 졸업해도 일자리 구하기도 쉽지 않으니 저임금 업종도 마다하지 않고 선택하는 내 자녀들의 처지가 가장 아프고 힘들다.

대선을 앞두고 민주당 대통령 후보인 조 바이든과 공화당 대통령 후보인 도널드 트럼프, 두 후보는 열정적으로 많은 공약을 쏟아내고 있으나 국민이 바라는 것은 강한 리더십이다. 리더십의 필수는 비전이다. 그래야 국민이 대통령을 믿는 법이고 그

신뢰에서부터 경제회복의 첫걸음도 시작될 것이다. 지금 미국은 암울한 동굴 속에서 헤매고 있다는 느낌이기에 희망을 주는 정책들이 나오기를 기대한다. 희망이 보이면 현 상황이 아무리 어려워도 국민은 견디며 참을 수 있는 법이다. 누가 대통령이 되던 어두움을 밝히는 촛불이기를 기대해본다.

혼자만의 시간이 많을수록 자신을 돌아보며 생각하는 시간뿐만 아니라 후회스러운 일들도 적지 않다. 후회는 항상 뒤늦게 오는 피하기 힘든 복병이 아닌가 싶다. 행동이나 도전을 못 하고 생각만 하다 끝내버린 숱한 일들이 번복의 연속이었다. 지난 세월에 정열 없었음이 후회로 가슴을 두드린다. 후회가 꿈을 대신하는 순간부터 우리는 늙기 시작한다고 하니 후회하는 내가 분명 늙고 있음이 서글프나 그래도 지나온 날들이 그냥 감사한 것뿐이다

어느 철학자가 갈파하듯 모든 시계는 어제도 아니고 내일도 아니고 오늘을 가리킨다. 바로 거기가 우리가 살아가는 삶의 터라고 한 말이 가슴에 깊게 새겨지는 8월을 보내고 있다.

66

어느 철학자가 갈파하듯
모든 시계는 어제도 아니고 내일도 아니고
오늘을 가리킨다.
바로 거기가 우리가 살아가는
삶의 터라고 한 말이 가슴에 깊게 새겨지는
8월을 보내고 있다.

99

구월

구월

    천고마비라는 계절의 문턱에서 대낮에도 어두컴컴한 잿빛 하늘이 으스스한 공포 분위기를 만든다. 사상 최악의 산불이라는 무서운 화마는 가라앉지 않고 여전히 기세등등하다. 한 달 이상 후에나 잡히는 불길이라니 끔찍하다. 매연으로 공기도 오염된 상태여서 호흡하기도 괴로울 지경이다. 이제는 태평양을 따라 오리건주, 워싱턴주에까지 확산한 화재이다. 인류의 잘못으로 생긴 이상기온은 열대성 세력을 키울 뿐 아니라 가뭄 또는 폭우로 나타난다고 한다. 기상변화에 따른 재해는 인간의 힘으로 대처하기 어려운 상황이 벌어지니 속수무책 그 피해는 걷잡을 수 없다.

    북가주에 퍼져있는 포도주 산지인 나파와 소노마 카운티의 와이너리에도 폭염과 강풍 속에서 동시다발적으로 발생한 불길이 무섭게 타들어 가고 있다. 한창 수확 철 이어서 큰 재산과 인명피해가 대책 없는 난국을 이어간다. 그 유명한 '샤토 보즈웰'도 전소됐다는 소식에 아연하다. 십만 명 이상 강제 대피령으로 집을 떠나 피난을 가야 한다. 화재의 원인은 인간들의 잘못과 실수로 인함이 93% 이상 차지한다니 꺼진 불도 다시 보는 습관이 꼭 필요하다.

가주 접경지역인 네바다, 애리조나, 오리건 주를 비롯하여 워싱턴, 텍사스, 몬태나, 유타, 아이오와 주에서 까지 도움을 주려고 소방지원 인력을 급파했다. 이도 충분하지 않아 호주와 캐나다에 산불 진화 경험이 풍부한 인력 파견을 요청했다니 반가운 소식을 기다려 본다.

지구의 대멸종은 인류사적으로 다섯 번 있었다는데 곧 여섯 번째 재앙이 아닌가 하는 공포감을 느낀다. 전에는 자연재해였지만 지금은 인류가 자초한 재앙이다. 온실가스와 탄소 배출량을 절대적으로 줄이지 않으면 지구는 뜨거워져 견디지 못하고 멸망의 길로 갈 것이다. 다시 예전으로 돌아가 산업 폐기물을 줄이고 불편해도 우리는 모두 일회용 쓰기를 자제하고 석탄, 석유 등을 대체할 연료의 개발을 서둘러야 한다. 편리함과 안이 함, 둔감했던 생활을 청산하고 어서 속히 지구를 치료해 줘야만 한다.

자주 보지 않는 텔레비전 뉴스를 보니 악마의 혀 같은 불길이 어느 전쟁터의 화염보다 더 무섭게 타오른다. 큰 건물이 불길 속에 무너지는 화면에 이건 뭐야? 깜짝 놀랐다. 2001년 9월 11일, 뉴욕에서 테러가 난 지가 19년 전 일이라니 벌써 그리되었는지 경악과 공포와 눈물이 기억난다. 가족을 잃은 사람들은 그 고통에서 아직도 자유롭지 못하겠지만 모든 악몽은 가끔은 잊히니 살아가는지도 모른다. 사건 이후 미국은 많은 일이 바뀌고 복잡해졌다. 공항의 보안 문제, 운전면허 발급, 이민 문제와 유학생 관련된 일 … 당연히 그러고도 남을 일이다.

그날 두 동의 무역센터 건물과 함께 희생된 2,977명 중에는 21명의 한인도 포함되어 있었다. 엘리트 그룹에 속했던 그들은 꿈의 날개를 제대로 펴지도 못한 채 황망하게 이 세상을 떠나갔다. 그들의 안타깝고 아쉽기만 한 사연이 아직도 우리의 마음에 자리하며 슬픔을 남겨 준다. 더위로 힘들었던 여름이 지나고 초가을의 기분 좋을 9월이 올해는 전혀 그렇지 못하다.

창살 없는 감옥같이 갇혀 산 지 여섯 달이 지나고 상점마다

문을 닫아 불편을 감수하며 지낸다. 일부러 아픔의 쓴잔을 마시는 사람도 고통의 불속으로 들어가는 사람은 없다. 여러모로 갑갑한 마스크와 일회용 장갑은 필수품이 되었다. 3월에 품귀현상이 일었던 덴탈용 마스크를 50개들이 한 상자에 50불이나 주고 사서 아끼며 귀하게 썼다. 점점 좋은 첨단의 마스크가 나와 몇 개 사려고 들렀더니 먼저 샀던 같은 마스크가 4불 미만이었다. 불과 6개월 사이에 이런 가격이 될 수가 있을까. 그러니 막차 탄 어느 분이 의류 대신 마스크를 생산했다가 망해서 자살했다는 기사를 심각하게 보았다. 재빨라야 살아남지 한 발이라도 느리면 용서가 안 되는 초스피드의 세상이다. 나같이 느리고 게으른 사람은 생긴 대로 살아야 그나마 버티는지 모를 일이다. 요즘은 어딜 가나 마스크와 장갑, 일회용 그릇과 컵들이 어지럽게 널려있다. 쓰레기가 몇 배나 더 나온다니 이것 또한 큰 공해이다.

이제 비 내리는 겨울이 오면 빗물에 쓰레기들은 바다로 유입될 것이다. 물고기들은 먹이인 줄 알고 먹으니 제2의 오염이 생긴다. 마스크를 버릴 때 끈을 꼭 잘라서 버리라는 당부이다. 바닷물고기들이 그걸 먹으면 끈에 걸려서 치명적이라 한다. 날아다니는 새들도 다리에 마스크 끈이 엉켜 퍼덕이며 괴로워하는 영상을 보면서 우리의 잘못은 너무 크고 밉다.

　기분 좋은 얘기가 듣고 싶고, 재미있는 이야기를 해주고 싶은 구월이 허망하게 지나간다.

시월이 오면

시월이 오면

어느덧 10월, 단풍의 계절이다. 그동안 삶에 지치고 바삐 사노라 정신을 차릴 겨를도 없이 세월을 보냈다. 가을이 깊어지면 마음도 차분히 가라앉으며 마음속으로 솟아오르는 그리움을 전하며 다가가고 싶은 달이다.

내게는 묵은 정이 서려 있는 잊을 수 없는 그리운 사람들이 있다. 그 사람 중에 세상을 떠난 사람도 있고 생사를 알 수 없는 사람도 있으나 내 곁에 그분들이 없다고 해서 그들을 향한 내 마음이 시든 것은 아니다. 삶의 걸음을 옮길 때마다 다가오는 애잔한 마음이 있다.

어려서부터 할머니의 사랑을 남달리 많이 받고 자랐다. 어머니를 밀어 놓고 할머니와 나는 밀착되어 지내는 시간이 많아서인지 성년이 되어서도 할머니 품에 대한 그리움과 향수를 지니고 있다.

할머니는 초등학교 교사로 재직 중에 불행히도 골결핵이란 병을 얻으셔서 은퇴하셨다. 말년에 투병으로 고생하셨지만, 미국에 사는 나는 환경적인 여건으로 병문안도 못 드렸고 마지막 떠나시는 길에 배웅도 못했다. 그 불효가 내 가슴에 빠지지 않는 대못처럼 박혀 있다. 생전에 할머니는 위엄이 있는가 하면 한없이 섬세하고 자상한 분이셨다. 궁금하고 모르는 일들은 백과사전처럼 알려 주시니 항상 지혜의 보고라는 생각을 했다. 초롱초롱한 눈빛 앞에 집중하던 어린 시절, 아낌없는 사랑을 주셨던 할머니는 내 그리움에 일 순위이시다.

집안에 큰 어른이셨던 큰어머니, 역시 그리움을 남기신 분이다. 시동생인 내 아버지와 어머니를 중매하셔서 가정을 이루게 하셨고, 그로 인해 나를 태어나게 하신 분이기도 하다.

나는 때때로 부모님을 평가하면서 큰어머니께 중매를 잘못하셨다며 억지 공격을 해대곤 했다. 그럴 때 큰어머니는 철없는 나를 꾸중하지 않고 내 말에 동의해 주는 자비를 보이시곤 했다.

후덕한 인품의 큰어머니는 가족들에게 인색하지 않고 베풀며 사는 분이셨기에 우리 후손에게 헌신의 미덕을 가득 남겨 주셨다.

가족 중, 어린 나를 귀여워하며 따뜻한 마음과 정을 주시던 막내 삼촌! 어딜 가든지 내 손을 꼭 잡든가 업고 다니시던 모습이 잔잔한 강물같이 어려 온다. 결혼하셨어도 작은아버지보다 삼촌이라고 부르는 것이 더 좋았지만, 어른들의 타이름으로 그 호칭이 한동안 어색했었다.

몇 년 전 불의에 사고를 당하셨다는 가슴 아픈 소식을 전해 듣고도 가 뵙지 못하는 처지로 애타는 마음에 쾌유를 빌며 안부를 전해 드린다.

내 고등학교 졸업식에 참석해 축하해 주셨고 내게 처음으로 세상 구경을 시켜주신 박상배 선생님, 미술과 인테리어를 전공한 그 선생님을 따라 나는 명동의 카페, 다방, 경양식집 등의 장소를 가 보았다. 함께 들른 어느 카페에서 피아노를 치며 '해변의 길손'을 멋지게 부르시던 모습, 지금도 그 노래를 들으면 그날에 선생님 모습이 떠오른다.

이제는 그분의 생사조차 알 수 없으나 내 인생에 너그러움과 나눔의 삶을 알려 주신 잊히지 않는 분이시다.

학교 자매결연으로 알게 되었지만, 그 후 한 번도 상면한 일이 없었던 사람, 어느 날, 소위 임관 반지를 들고 내 집을 수소문해 찾아와 나를 보겠다며 떼를 썼던 우영규 군인 아저씨, 내 아버지의 노여움으로 끝내 나를 만나지 못하고 눈물을 흘리며 돌아갔다. 그 얘기를 어머니께 전해 들었던 육군 소위, 지금은 어디에서 한 가정의 가장으로 늙어가며 행복한 여생을 보내고 있는지 안부가 궁금하다.

풋풋했던 내 젊음에 허물없는 친구로 호감을 주었던 사람이었기에 추억의 한 장으로 남아 있지만 만나보고 싶은 마음은 없다. 늙어가며 나처럼 이렇게 살고 있을 테니까.

초등학교 4학년 때, 단짝이었던 최영심이 브라질로 가족과 함께 모두 떠난 날. 밤새 울며 헤어짐이 안타까워 나도 이민을 갈 수 없나 궁리를 하며 부모님을 한동안 졸라대었다. 어린 가슴이 뻥 뚫린 그 날부터 친구를 사귀기가 불편하고 싫었다. 그 친구도 내 이름 석 자를 기억할까? 이젠 어디서 우연히 만난다 해도 서로 알아볼 수가 없을 것 같은 안타까움이 있다.

10월이 오면 모두 그리운 이름들, 사랑하고 이별하고 가슴 아팠던 삶, 그것이 인생이다. 누군가를 그리워하는 마음, 그것은 귀하고 아름다운 것으로 내 영혼 속에 별처럼 빛나며 영원히 살아 있는 고귀한 보석처럼 영롱할 것이다.

11월

11월

늦가을 찬바람이 애잔하게 불어오는 11월이다. 공연히 쓸쓸한 허전함이 슬그머니 다가와 옆자리에 앉는다. 무엇인가 사라지고 뭔가 빠져나간 느낌이 강하게 밀려오곤 한다.

내 삶에서 가장 중요한 가족이나 친구들이 그리워지고 만나고 싶다. 내 성격과 형편에 동질성이 없으면 거리감이 생겨 차츰 멀어지는 사람도 있지만, 늘 그립고 궁금한 이들도 있다. 항상 마음에 담겨 둔 친구는 한국에 사는 이미자 이다. 무슨 말을 해도, 어떤 행동을 해도 모두 내 입장이 되어주니 지치고 힘들 때 먼저 떠오르는 얼굴이다. 사업이 번창해 넉넉한 생활을 하면 좋으련만 그렇지 못한 눈치라 더욱 신경이 쓰이게 되고 걱정스럽다.

고국 방문한 지 꼭 일 년이 되었다. 올여름에 갈 계획이 '코로나19'라는 괴상망측한 바이러스가 퍼져 오도가지도 못하는 처지가 되었다. 기다리던 미자는 14일간의 격리기간을 갖더라도 오라는 성화를 대지만 여러 사정이 움직이지 못하게 한다. 속절없이 하루를 보내고 텅 빈 가슴속을 무엇으로 채워야 할지 모르겠다.

한 번 더 가 보고 싶은 뉴질랜드도 이러다 생각으로만 마무리해야 하는 건지 불안이 몰려온다. 갖고 싶은 것은 점점 없어져도 가고 싶은 곳은 줄어들지 않으니 아직 마음만은 청춘이라 그런 걸까.

올해처럼 더위에 지쳐서 살아 온 폭염도 아련한 추억으로 덮어진다. 앞으로 흘릴 땀은 다 흘렸을 것 같았던 무서운 열기가 이달 초까지 안간힘을 쓰더니 결국 가을에 쫓겨 갔다.

오늘은 여름옷을 다 정리해 넣고 겨울옷을 꺼내 놓았다. 영하로 내려간 적도, 눈이 내린 날도 없는 LA 날씨건만 조석으로 냉기 도는 바람은 한국의 겨울 같은 느낌으로 다가온다. 지인들이 보내준 털 코트며 누비옷을 요긴하게 입게 된다. 하긴 반팔에 반바지 차림의 한여름 옷을 입고 다니는 사람도 적지 않고, 털신에 오리털 옷을 입은 사람 또한 자주 보이니 사계절이 공존

하는 이곳이다.

　나는 더운 것도 못 참고 추운 것도 견디지 못하는 참을성 없는 노인으로 변해가는 과정이 걱정된다. 내색 않으려고 혼자 삭이는 일도 없진 않으나 가끔 눈치라도 있어야 할 것 같다.

　인생이라는 한정된 상황에 심고 가꾼 여러 모양의 일과 사연들이 이제는 서서히 열매를 맺고, 아니면 떨어져 묻히고 있다. 우연이 인연이 된 모습도 남아 있고 그 인연이 악연이 되어 가슴 저미는 상처도 잔재해 있다. 산등성이에 무수히 옷 벗은 나무들은 내년을 기약하며 조용히 기다리지만, 내일도 자신할 수 없는 우린 응원의 함성도 메아리로 사라진다.

　하루의 삶 자체로 감사하며 아름다운 뒷모습을 위해 할 일이 무엇인가 찾게 된다. 아쉬움과 미련이 없는 삶을 어느 누가 가질 수 있을까. 불행은 비교하는 데서 시작한다지만 그렇게 비교하며 재며 견주어 산 날들이 부지기수였다. 서서히 저물어가는 한 해의 앞자락에 비틀거리는 상념들이 오롯이 모여 내 모습을 돌아보며 재정비해 보는 시간을 갖게 된다.

　오색 단풍들의 마지막 잎 새 가지마다 배어있던 가을 향기도 사라지는 서글픔을 느끼지만 보내야 하는 계절은 결국은 떠나고 만다. 누려야 할 행복은 어디만치 가고 좇아가야 할 소망은 언제 숨었는지. 잊어야 할 원망과 견디어야 할 슬픔만 남아 찬 바람 속에서 맴을 돌고 있다.

좋은 기억, 아름다운 추억들은 마음에 담아 두었다가 마음이 시린 날에 꺼내 보면 나름으로 위안이 되고 그 순간을 생각하면 기분 전환도 된다. 그 중 내게는 여행한 기록들이 영롱한 보석 같은 느낌으로 남아 커다란 위로가 된다. 지나쳐 온 사고의 색깔 들이 여러 모양으로 남아 영혼을 물들여 간다. 여행은 갈까 말까 둘 중의 하나라면 가는 것이 마땅하다. 다음이라는 내일은 확실 한 보장이 없다. 아무도 내일을 살아 본 사람이 없기 때문이다. 지우지 못한 후회가 있어 미련이 남는 11월이지만 지금, 이 순간 을 아끼며 소중한 재산으로 삼고 싶다.

하나님은 풍요롭게 황금을, 건강하게 소금을, 행복하게 지금 을 자연의 선물로 주셨다고 하지 않는가.

"

다음이라는 내일은 확실한 보장이 없다.
아무도 내일을 살아 본 사람이 없기 때문이다.
지우지 못한 후회가 있어
미련이 남는 11월이지만 지금, 이 순간을 아끼며
소중한 재산으로 삼고 싶다.

"

12월

12월

  한 해를 보내는 마음이 해마다 다르다. 서운하고 아쉽다는 감정은 이제 당연시되어 무의미해진 지 오래다.

  올 한 해는 세상도 어수선하고 내 마음도 평안을 찾기 어려웠다. 여느 해의 들뜬 분위기와 다르게 심정이 착잡해져서 마감하는 달이다. 코로나19로 인한 팬데믹과 집안의 어려운 일과 맞물려서 양찰해 주는 일은 거의 없었다. 세상이 멈춰 버린 듯 거의 갇혀 살면서도 드디어 백신주사가 투약된다지만, 코비드19 바이러스가 완전 소멸하여 예전같이 살 수 있을까 하는 의심이 든다.

  우리 인류의 소망들은 온전히 이루어지지 않은 채 전혀 다른 문명의 혁신이 다가오며 몰랐던 세상이 열리고 있다. 내 나름 계획하며 하고 싶었던 일들은 하얗게 깨어져 흩어진 물거품으로 소멸되어 간다. 이젠 한 시간이 아깝고 소중하기에 송충목처럼 허송세월로 보낸 열 한 달이 그리 아깝다는 한탄이 절로 나온다. 지혜로운 사람은 즐거움을 만나도 괴로움을 만나도 흔들리지 않는다고 하나 그 수준은 아닌 것 같다.

지나간 것, 돌아오지 않는 것은 모두 그리운 것일까. 운명이라는 두 글자 앞에 포기도 해보고 일방적인 냉정한 단어 앞에 받아들여야만 했다. 할 수 없는 여건과 현실 앞에 긍정은 당연한 일이 되고 보니 투정도 통할 리 없는 처사였다. 그러려니 마음을 비우고 본의 아닌 인정을 하고 지내면서 참을성을 배우게 되었다.

외로울 땐 바다가 좋아져서 가까운 헌팅턴비치에 나가 하염없이 먼 수평선을 바라보며 위로를 받았다. 지칠 땐 멀리 있는 친구가 그리워 영상 통화를 하며 하소연으로 내 마음을 달래 보았다. 일방적인 내 이야기들은 의행이 아니니 이젠 자제하고 그만두어야지 싶기도 하다. 하늘이 좋아지면 맘이 허전한 것이고, 음악이 좋아지면 누군가 그리워지는 것이고, 친구가 좋아질 땐 울고 싶은 거라고 하니 그랬다며 이해를 구하고 싶다.

파란 하늘, 푸른 바다 속에 그리운 얼굴 하나, 둘, 셋… 지워지지 않는 기억 넘어 멀리 더 멀리 비익조 되어 떠나가던 날, 목메어 삼킨 눈물은 내 마음에 강물이 되어 아직도 흐르고 있다. 나이 더해 갈수록 짙어지는 그리운 세월의 흔적은 삶의 길에 각인되어 늘 따라다니며 고락을 함께 하는 동반자이다. 이제 떠나야 하고 맞이해야 하는 세월에 등 밀려 힘겹게 오다 보니 마지막 문 앞까지 왔다. 문빗장을 얼른 내걸고 다시 열고 싶지 않다. 청춘은 돌아오지 않고 기다려 주지 않으니 시간의 연속선에 기대어 나의 길을 묵묵히 걷고 싶다. 그 언제 간절한 회한을 풀어 줄 만남을 위하여 허투루 살지 말아야겠다는 의지가 생긴다. 용광로에서 단련된 쇠처럼 꿋꿋해진 강다짐의 의지이다.

스스로 약속하였던 연초의 목표는 '밝은 얼굴에 인상 쓰지 말고 웃으며 살아 보자.'라는 것이었다. 하지만 조건과 형편이 그리 살게 만들지는 않았다. 우연한 기회에 얼굴 근육 올리는데 좋은 것은 금강석이나 금도 아니고 은이었다.

'금~' 하면 이를 물고 입술은 'ㅡ' 자가 되어 닫게 되지만 '은~' 하면 입꼬리가 올라가면서 볼살도 함께 올라간다. 은은한 미소를 자연스럽게 만들 수 있어 무조건 '은~' 하면서 습관을 들이려고 노력했다. 자꾸 잊어버리니 '은' 자를 여기저기 써 붙여 연초에 자신과 약속한 일을 이루기 위해 나름 노력했으니 그나마 다행스럽다. 속상하거나 화가 날 일이 생기면 얼른 '은~' 하면서 나를 달래주다 보니 급한 성격도 눅으러지는 것 같았다. 열 받는 것은 건강만 해치니 느긋하게 살라고 은을 주신 것이 아닌가 느껴진다. 고민을 부르지 말고 누굴 미워하는 것 역시 얼굴에 수심을 부르니 하면 안 되는 일이다. 구하면 얻고 두드리면 열린다는 말씀을 생각나게 만든 작은 결심이 나쁜 습관을 고치는 계기가 되어 얼마나 감사한지 모른다.

무감각은 어떠한 변명도 통하지 않으니 소소한 일상에 정 들이며 감사로 마감하는 경자년이 되었으면 한다.

"

‘금~’ 하면
이를 물고 입술은 ‘ㅡ’ 자가 되어 닫게 되지만
‘은~’ 하면
입꼬리가 올라가면서 볼살도 함께 올라간다.
은은한 미소를 자연스럽게 만들 수 있어
무조건 ‘은~’ 하면서 습관을 들이려고
노력했다.

"

손자 손녀는 불가사의 존재다

손자 손녀는 불가사의 존재다

살아간다는 것은 곧 나이가 든다는 의미이기도 하다.

나이가 들어갈수록 우리는 모습뿐만 아니라 삶에도 많은 변화가 일어난다. 그중에서 여자는 젊음의 다음 장, 할머니의 명칭을 선물로 받는다.

신비롭고 사랑스러운 손자 손녀가 태어나 할머니가 된다는 것은 노년의 면류관인 큰 축복이다.

할머니가 된 친구들이 모이면 너나 할 것 없이 손자와 손녀 자랑부터 시작이다. 좋은 소리도 몇 번 들으면 곤욕스러운데 그녀들의 손자 손녀 사랑 얘기를 계속 경청해 주다 보면 인내심에 한계를 느낀다. 손주 자랑 대가로 20불의 커피 값을 내놓고 한다지만, 나중엔 그 돈마저 돌려주며 그만하라고 사정하게 된다.

자식 키울 때보다 마음의 여유와 시간이 있고, 양육의 직접적인 책임이 없으니 그저 마음껏 사랑만 해주면 되는 아름다운 존재에 대한 내리사랑이다.

나는 열정적인 표현에 무덤덤한 성격 탓인지 말릴 정도로 유난을 떠는 편은 아니다. 고슴도치도 자기 새끼는 곱고 귀하다고 하지 않는가. 넘어져도 사고를 쳐도 이유 없이 다 예쁘고 귀여우니 눈에 넣어도 안 아프다는 말이 딱 맞다.

마르지 않는 옹달샘 같은 사랑이 항상 솟아나오는 것은 한없는 자애로움이 할머니의 본성이기 때문일 것이다.

나의 자녀 모두는 늦추 결혼으로 또래들은 고등학생 학부형이건만 그들에 비해 손주들은 아직도 초등학교 저학년이다.

친손자는 9살 하겸, 외손자는 7살 지오, 외손녀는 5살 지아, 이들 셋이 나의 손자 손녀이다. 한참 손이 많이 가고 돌보아야 하니 아들네와 딸네는 늘 바쁘다. 나와 한 지붕 밑에서 같이 살지 않으니 손주들을 매일은 못 보지만 일주일에 한 번 이상은 만난다.

우리 교민 중에 조부모랑 사는 아이들은 한국말을 영어보다 잘한다. 나와 함께 산다면 내 손주들도 한글을 배워서 읽고 쓰고 한국말도 잘하겠으나 그럴 형편이 아니다 보니 영어만 쓰는 손주들과는 소통하는 데 어려움이 있다. 자주 만나서 한국어를 가르쳐 달라지만 지금은 처지가 못 되는 내 형편이기에 더 속상하다. 내 자녀들이라도 한국어를 쓰면 좋겠는데 편하다고 영어만 쓰다 보니 조손간이 답답하다.

손주들이 매주 토요일마다 한국학교에 다니지만, 재미있어하지도 않고 가기 싫어해서 걱정이다. 받아쓰기 시험을 봤는데 아주 낮은 점수가 나왔다. '오'와 '어'의 발음을 잘 못한다. 요리사는 여리사. 노래는 너래!

그래도 태권도 학원을 잘 다녀서 태권도 용어는 한국말로 하고 또 알아도 듣는다. 뭐든지 관심 두고 배우면 되는데 적극적이지 않은 게 아쉬울 따름이다. 하지만 철이 들면 분명 따라서 익힐 모국어이리라.

다행인 것은 세 손주가 학교생활이나 공부도 잘하고 성격들도 좋아 사촌지간이라도 친형제 이상 정이 많고 사려가 깊다. 종일 함께 지내도 다툼 한 번 안 하고 뭐가 그리 재미있는지 저희끼리 즐겁다. 하검이가 형, 오빠 노릇을 제대로 하고 동생들도 잘 따라주니 성장한 후에도 그렇게 지냈으면 하는 바람이다.

우리가 가족이란 인연으로 맺어진 것에 무한 감사하며 가슴

뿌듯하고 충만한 기쁨을 느낀다.

그러면서 나는 하겸, 지오, 지아 우리 손주들이 이렇게 자라 주었으면 하는 간절한 소망이 있다.

하겸, 지오, 지아, 너희 자신이 얼마나 소중한 존재인가 하는 자존심과 자존감을 가지고 한껏 자라며, 자신에 대한 사랑과 확신 없이는 타인을 건강하게 사랑할 수 없다는 것을 가슴에 새겨 주기를 바란다.

덧붙여서, 가슴이 넉넉한 사람으로 너희들 각자의 개성을 살려 꿈을 이루며 진실과 거짓, 착함과 악행을 분별하는 지혜의 사람으로 성장하는 반듯한 너희들이 되었으면 한다.

무엇보다 중요한 것은 어른이 되어 생애를 마칠 때까지 너희 영혼 속에 행복한 하늘나라가 함께 하기를 소망하는 할머니의 뜻을 기억하며 살아주면 고맙겠다는 당부이다.

따뜻한 가슴으로 살아갈 너희의 세상은 더 밝고 평화롭기를 할머니는 쉬지 않고 기도할 것이다.

The wonders of having grandchildren

To live is to grow old. As we age, many changes occur not only in our appearance, but also in our lifestyles as we encounter unexpected happiness and surprises. When women enter the next chapter after their youth dwindles away, many of them are given a new title: "grandmother." Old age might not be a welcomed guest, but it is indeed a blessing to have such wondrous and lovely beings called grandchildren.

Most of my friends are grandmothers; when we meet, our conversation usually starts with everyone boasting about their grandchildren. But even the sweetest sound can become dull when it never ends. Therefore, we made a rule that whoever wants to talk about their grandchild must deposit twenty dollars to our coffee fund. As I listen to their countless love stories, my patience wears thin. So I return the money to my friends and plead for them to stop talking about their grandkids. The love for our grandchildren feels greater and larger than the love we felt for our own children. We have more time and peace of mind compared to our younger years of childrearing. Without the direct responsibility of nurturing and raising them, we can just pour our hearts and give unconditionally to these beautiful beings. I don't know if it's because of my non-expressive personality, but I never overreact to a point that my friends would stop me from talking about my grandchildren. However, as the saying goes that even a porcupine would think of their own porcupettes as cuddly and cute, I cannot deny my overwhelming fondness for my grandchildren. No matter all the trouble and mess they make, I still find them adorable as they truly are the apple of my eyes. Like a mountain spring that never dries up, love for our grandchildren never stops flowing. Perhaps it is because of the natural affection we innately possess as grandmothers.

My children got married late, so my granddaughter and grandsons are still in the lower grades of elementary school, much younger compared to my friends' grandchildren who are already in middle or high school. Both families of my son and daughter are always busy, because parenting requires a great deal of time and devotion. My son's boy is nine-year-old Devin, and my daughter's son and daughter are seven-year-old Jordan and five-year-old Adalyn. I am fortunate to see these three grandchildren at least once a week when they visit. It is no surprise that children living with their grandparents speak Korean quite well, but since we do not live together, it is difficult to communicate with them. My children insist that I spend more time with my grandkids and teach them Korean, but I'm regretful that my circumstances have not been accommodating over the past several years. I advise my children to frequently speak Korean with their own kids, but it is not working out for them either, because they end up speaking in English, which makes it easier for everyone to communicate. My grandchildren go to Korean class every Saturday, but I am concerned that they do not enjoy it, and find it boring. They took an exam at the end of the semester and received a low score. To say "shoes" in Korean, they write "bal-ot," which translates into "foot clothes." When they must respond "I want a bigger blanket," they write, "The blanket wants to be bigger." These answers are incorrect, but such innocent spontaneity and creativity puts a wide smile on my face. They do have a growing interest in taekwondo, and are able to understand Korean instructions in that class. As long as they develop their passion, they will surely improve their abilities in Korean, but they are yet too young to find motivation. I have no doubt, however, that they will grow mature and eventually have a good command of their mother tongue.

All three are good-natured, polite, and doing well in school. They are cousins, but get along well like siblings. I don't know what exactly they do together, but I constantly hear their laughter. They are busy having fun, playing and chatting with one another all day long. Devin does a good job as an older brother, and Jordan and Adalyn listen to him intently with endless curiosities. I hope their sweet interactions and close relationship will not change even after they grow up.

My heart is full and I feel grateful that we are all connected to one another through our family bonds. At the same time, I have earnest expectations for you—Devin, Jordan, and Adalyn. I hope that you will grow up with healthy self-esteem and always keep in mind how precious you are. Remember that you will not be able to truly love others when you do not have genuine love and confidence in yourself. I also wish for you to broaden your horizons, maximize your individuality, and make your dreams come true while distinguishing between truth and lies, goodness and evil. Most importantly, I ask that you always have the amazing kingdom of heaven in your heart whatever you do and wherever you go.

Grandma will always pray for you to live in a brighter and more peaceful world.

48년 만의 해후

48년 만의 해후

노년 생활의 필요한 것은 돈과 건강과 친구라고 한다. 살다 보니 내겐 이 세 가지 중 하나도 변변한 것이 없으니 잘못 산 것인지 헛산 건지 싶다. 하긴 죽으면 진정 울어줄 친구 몇 명쯤이야… 하면서도 나 자신이 그럴 수 있나 돌아보게 된다.

연말이 되니 동창회, 망년회, 친목회, 향우회 등등 수많은 모임의 안내가 신문과 방송을 타고 떠나가는 시간만큼 바쁘게 움직인다. 온 지면을 빼곡히 채운 만나는 장소, 날짜, 시간, 회비가 적힌 글을 눈 씻고 봐도 내가 속한 곳은 어디에도 없으니 편한 건지 서운한지 감정의 변화도 크게 없다.

어떤 계기로 사람 만나는 걸 꺼리고 부질없는 인간관계는 무 자르듯 했더니 서운함도 아쉬움도 잊히고 있다. 잘못하기는 쉬워도 용서를 구하는 것은 그다지 어렵고 용기가 필요하다는 어머니 말씀이 새록새록 기억이 난다.

27년 전, 중 고등학교 동창을 LA에서 우연히 만났다. 그녀가 뜬금없이 "결혼을 잘못하여 자살했다고 들었는데 살아있네."라면서 놀라기에 그녀와의 인연은 그날로 끝냈다. 죽었으면 만날수도 없으니 그렇다 치고 별 느낌 없이 그동안 지내왔다. 가족들이 "왜 친구도 안 만나고, 동창회도 안 가냐?"고 묻는 말에 '학교를 안 다녔나 보다.'고 남 얘기하듯 넘겼다.

요즘은 인터넷의 발달로 학교마다 동창회 사이트가 있어서 들어가 보면 많은 정보와 상황들이 칸칸이 정리 잘된 서랍장 같다. 꼭 만나보고 싶은 친구가 있어도 이제 다 늙어서… 하며 접어두고 산 지도 오랜 이야기다. 어느 날 남편이 여기다 한 줄 쓰라고 자판기를 내밀었다. 동창회를 찾아 열어놓고 만나고 싶은 친구의 이름을 쓰라지만 학창 시절에도 서너 명의 친구하고만 가까웠으니 이름 쓰긴 아주 간단했다. 그리곤 매일 회사 출근 도장 찍듯 들어가 보았다. 아무도 댓글을 달아주는 사람이 없었다. 얼마나 오래 살려고 내가 죽었을까. 가까이 있는 친구라도 감사하고 살자며 열흘 출근으로 퇴청해 버렸다.

2017년 8월 중순 무렵에 그동안 동창은 찾았냐고 묻는 말에

"아니. 안 찾을래."라는 김빠진 소다수 같은 대답을 하고는 다시 들어간 동창 사이트는 3년이 지나 잊어버린 비밀번호를 기억 못해서 열어 볼 수가 없었다. 어떻게 임시 비밀번호를 받아서 열었는데 열흘 출근으로 끝내버린 다음 3일째, 댓글 하나가 쓰여 있었다. 기억조차 없는 명숙이가 버지니아 산다며 이메일 주소가 적혀 있었다.

나는 몰라도 그 친구는 나를 안다니 고맙기도 하고 미안해져서 이메일을 쓰고 전화번호를 받아 통화를 했다. 그 근처에만 6명의 동기동창이 살며 여기에도 적지 않은 동창들이 있다고 알려 주었다. 조지아주부터 멕시코, 캐나다까지 동창들의 이름을 나열하며 카톡까지 열어 사진도 보내주니 갑자기 겨울눈이 싹을 튼 기분 같았다. 명숙이가 동창회 회장인가 싶을 정도로 친구들의 근황도 알려 주었다. 그 중, 내 짝이었던 명희 소식을 들으니 가슴이 뛰었다. 나를 애타게 찾고 있었다는 애틀랜타 사는 난옥이와의 통화는 얼마나 반가웠던지. 살아있음에 감사가 이런 것이고 구하면 얻는다는 진리 또한 이런 것인가.

보름 지나 버지니아로 날아가 48년 만에 할머니가 된 모습으로 해후를 했다. 어렴풋이 옛 모습이 나타나 기억을 새롭게 만들었다. 모두가 엄마로 아내로 할머니로 그 자리를 지키며 사는 모습이 고맙고 반가웠다. 정이 많아 따뜻한 용선이의 후덕함은 여전했고, 반세기를 거의 보낸 우리들의 만남은 결국 옛 학창 시절로 돌아가 타임머신을 탄 기분이 되어 추억을 꺼내어 되새 김하며 웃기도 울기도 했다. 처음 서먹하던 분위기는 이내 사그 라지고 이름들을 자연스럽게 부르니 담임선생님만 계신다면 딱 좋을 듯했으나 이미 돌아가셨다는 소식이었다. 국어 물리 화학 생물 음악 선생님은 아직 생존해 계셔서 한국 가면 찾아뵙는다 는 말에 나도 같이 갈래! 하는 주문이 쉽게 나왔다. 친구 딸의 선물로 근사한 음악당에서 우리 또래의 가수 공연을 보고 헤어 져 집으로 돌아왔다.

10월에는 한국에 먼저 와 있던 명숙이의 주선으로 내 짝 명희 를 만나니 변하지 않은 모습에 기쁨의 포옹으로 떨어지지 못했 다. 그동안 애써 참고 살았던 마음속의 잦바듬하던 상념들이 흥 분되니 얼굴만 벌겋게 달아오르고 아무 말도 나오지 않았다.

여전히 배려하며 챙겨주는 명희의 성품은 옛 모습 그대로였 다. 누가 시키지 않아도 슬며시 먼저 챙기는 착한 성품은 복을 받아 넉넉한 삶을 살고 있었다. 만난 동창들 모두가 각자 맡은 위치에서 나름대로 성공하여 열심히 사는 모습을 보니 우리 학교가 명문이다! 라는 자부심이 생겼다. 이산가족들의 상봉 감격을 어느 정도 체험하니 만날 사람은 만나야겠다는 느낌이 들었다.

삼총사였던 숙자, 동화의 소식은 알 길이 없었지만 언제 어디서 또 만날지 모르는 아득한 헤어짐 속에 잘 있어! 잘 가! 하는 손짓이 너울너울 나비 되어 허공으로 멀리 날아가고 있었다.

간 큰 여자

간 큰 여자

굳게 닫혀서 들여다볼 수도 없고 열리지도 않는 커다란 철옹성 같은 쇠문 앞에 한참을 서 있었다. 문이란 열고 닫히며 오가는 사람이 있어야 구실을 하는 것일진대, 안과 밖을 갈라놓은 벽처럼 묵묵부답이다. 생과 사를 구별하듯 정나미 없이 무거워만 보일 뿐이다. 빈틈없이 잠긴 문은 벽에 장치된 인터폰으로 여러 질문과 답을 한 다음 만날 사람에게 허락을 받은 후에야 자동으로 열렸다.

침울한 분위기로 가득한 얼룩진 열댓 개의 방에는 눕거나 앉아 있는 사람들이다. 그들의 표정은 한결같이 이 세상의 고뇌와 아픔을 온통 다 지고 있는 듯 마음이 편치 않다. 주렁주렁 엮여서 환자와 연결된 호스들은 절대 가치의 생명 줄로 보이니 그 안을 흐르는 온갖 액체가 예사롭게 보이지 않는다.

방문 앞에 쓰인 환자의 이름을 확인하고 들어서니 삭정이처럼 마르고 까맣게 타들어 간 그녀의 얼굴빛에 나는 흐르는 눈물을 주체 못했다. '왜 왔냐?'고 붙잡은 손에는 퍼렇게 튀어나온 정맥에 주삿바늘 두어 개가 반창고 속에 숨어있었다. 살아있다는 사실은 감격을 넘어 환희로 바뀌어 웃음과 울음이 뒤섞여 버렸다.

그녀의 해맑은 미소는 진정 천사의 모습을 연상시키기에 충분했다. 가냘픈 손은 따뜻했고 두 볼엔 반가움의 미소가 잘 먹은 분처럼 스미어 있었다. 통증과 괴로움을 끌어안으며 미워하지 않고 친구삼아 사는 삶의 가치가 긍정적인 여유로 힘든 가운데서도 넉넉하게 보였다. 그 힘이 죽음의 터널에서 빠져나오는 저력이 아닌가 싶었다.

세상에서 일어나는 일들을 어찌 다 이론적으로 설명할 수 있겠는가. 본인도 모르던 간염이 간경화로 악화되고 당뇨병까지 심해져 날로 줄어드는 체중, 황달에서 흑달로 변해가는 안색은 모두를 초조하게 만들었다. 차오르는 복수는 연결된 고무 봉지에 누런 물을 뽑아내었다. 간이식 외에는 더 이상의 치료와 희망이 없었다. 작고 마른 체구는 더 빠져나갈 살점도 기운도 남아 있지 않은 듯했다. 살아있다는 증거는 오롯이 호흡이 있음이련만 평상시 아무렇지도 않던 일이 이다지 소중하고 귀한 일이었는지 새삼 알게 된다. 힘없이 나오는 콧바람에 손가락을 대보며 생존의 증거를 확인해야 하는 상황에까지 이르렀다.

퇴원하여 그녀와 맞는 간을 얻는 것은 한 사람의 죽음을 기다리는 이율배반적인 일이건만 목숨은 하늘이 주신 운명에 맡기어야지 도리가 없었다. 잔인한 희망은 더 이상 버틸 근력이 소진되어 가는 찰나, 지체없이 오라는 UCAL 병원의 연락을 받았다. 17시간의 긴 수술 끝에 열여덟 살 된 백인 청년의 건강하고 커다란 간을 이식받았다.

그래서 그녀는 작은 체구에 그 큰 간을 사랑으로 받아 두 몫의 생을 살게 되었다. 왜 사냐고 물으면 말문이 막히지만 어떻게 지내냐고 묻는다면 할 얘기가 늘어나듯이 많은 사연을 고비고비 넘기며 잘 지내왔었다.

그러는 몇 년, 안색이 점점 나빠져 만날 때마다 걱정이 여간 되는 게 아니었다. 피가 어디로 새어 나가는지 찾지 못한 채 수혈을 받느라 병원 출입이 잦아졌다. 이따금 그녀와 연락이 안 되면 불안하고 방정맞은 생각에 노심초사하였다. 본인은 대수롭지 않게 빨대 하나 입에 물고 가면 다시 살아온다고 우스갯소리를 하지만 강가에 내놓은 아이처럼 위태롭다. 여자 드라큘라가 되어 누구의 목을 물고 피를 얻으면 다시 살아난다지만 점점 심각해지는 육신의 표적은 감추어지지 않았다.

결국 그녀는 혼수상태에 빠졌고 응급실에서, 중환자실로 옮겼다는 소식에 부리나케 달려온 것이다.

사랑하는 사람들이 죽음과 직면했을 때 인간은 헤아릴 수 없는 마음의 공허감과 마주하고 생과 사란 무엇인가? 라는 질문을 던지게 된다. 누구에게나 반드시 찾아오는 질병 앞에서 우리가 할 수 있는 일은 오늘이 마지막인 것처럼 온몸을 불태워 살아가는 열정이 필요한 것이다. 설사 해답 없는 그림자 속을 걸어간다 해도 누군가를 배려하는 마음을 갖는다면 행복할 것이다.

그녀는 감동하는 가슴을 찾아주는 행복전도사였다. 마주 잡은 두 손을 통해 30년 가까운 우정과 형제애가 눈가를 적시었다. 커다란 간을 이식받고 19년을 그런대로 잘 살아왔건만 이제 그 성능이 다해 또 다른 간을 이식하는 방법뿐이 없다고 한다.

같이 지낸 반평생의 추억들이 아련히 떠오르면서 주위 사람들을 박장대소하게 만들던 순간순간들이 떠오른다. 간 큰 여자, 어쩌다 간덩이가 붓기도 하지만 늘 기쁨을 주고 의리를 알고, 보고 싶게 만드는 묘한 매력의 그녀. "난 죽기가 이다지 힘든데 남들은 왜 그리 쉽게 죽는지 모르겠어요. 명자 엄마가 엊그제까지 멀쩡했는데 갑자기 죽었다네요."

그녀는 "열아홉 해를 그 청년의 은혜로 거저 살았는데 또 간이식을 해 얼마를 더 살겠냐?"며 간이식 대기자 명단에 이름 올리기를 거부한 후 집으로 돌아왔다고 한다. "이젠 내 대신 다른 사람이 살아야 한다."라는 철칙을 고수하며 기르던 늙은 개와 덤으로 사는 지금, 이 순간을 감사하며, 하루를 아끼며 소중히 여기는 모습은 나로 하여금 많은 것을 깨닫게 한다.

인생! 새옹지마. 아무도 장담할 수 없는 우리의 생명. 헛되이 쓰면 안 되는 귀하고 귀한 것이다.

거위와 꿈

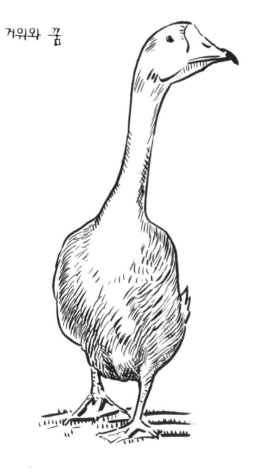

거위와 꿈

꿈이 없는 사람은 죽은 사람이라고 한다. 소싯적에 가졌던 수많은 바람이 이제는 거의 소멸하여 남아 있지 않지만, 아직도 하나는 간직하고 있다. 생전 이루어질지 모르지만, 꼭 해보고 싶은 나 혼자만의 가슴앓이다. 쉽지 않기에 아직 희망사항으로 내 마음에 자리하며 두리번거리는지 모르겠다. 이젠 늦었다는 생각에 포기도 되건만 고집인지 오기인지 내려놓지를 못하고 있다.

내게 없기에 남이 가진 걸 부러워한다고 조상부터 도시 생활만 해온 터라 늘 농촌 생활이 궁금하고 그리웠다. 지방에 변변한 친척도 없어 어려서부터 동경의 대상이 귀농생활이었다. 소싯적엔 워낙 어디든 나가는 걸 싫어했기에 바다도 고등학교 2학년 때 처음 보았다. 생동감 넘치고 변화한 생활에 익숙했어도 느긋한 시골의 풋풋함이 항상 그리웠다. 하지만 정착할 기회가 아직 요원하다. 감정 지출이 많은 도시를 벗어나 조용히 살며 노동의 대가를 얻는 텃밭도 그려보고 과일나무 몇 그루도 생각해 본다. 너른 마당엔 닭 5마리, 개 2마리에 거위 2마리를 키우며 같이 사는 게 나의 큰 소원이며 무한정 기대해보는 꿈이다.

사람이 살 수 있는 주거지는 땅은 많아도 한정되어있다. 값이 헐한 곳은 아무래도 불편하고 안전하지 못하다. 이 넓은 미국의 50개 주를 뒤져보니 내 능력으로 견디어 내고 먼 길 갈 때까지 살 곳은 생각보다 적었다. 중남미가 주거비와 생활비도 저렴하고 인심도 좋아 이곳저곳 기웃거려 보았다. 다만 딱 한 가지! 치안이 형편없어서 목숨 걸고 살아야 하니 선뜻 나서질 못하고 입맛만 다시는 기분이다. 물론 치안부터 주거환경까지 잘 되어 있는 곳은 내 능력 초과이니 닭 쫓던 개 지붕만 쳐다보고 나오는 수밖에 없었다. 내 나라 대한민국은 언어의 불편이 없고 낯설지 않아 좋지만 그치지 않는 작고 큰 데모와 정치판의 형태는 역이민을 한참 고민하게 만든다. 꿈을 이루어 거위 뒤를 쫓아다니며 내 나름 행복할 날은 갈수록 요원해지지만 내려놓지 못하는 무언의 고집이 붙들고 있다. 차츰 정리해가며 마무리할 시간에 일을 저지르는 건 아닌지 모르지만, 세상 잣대로 재고 싶진 않다.

내가 가장 살고 싶은 곳은 워싱턴 주이다. 세계적으로 큰 기업들인 보잉항공사, 스타벅스 커피, 아마존, 코스트코, 마이크로 소프트, 놀스트럼 백화점 등등 본사가 상주해 있어서 부동산의 가격이 하늘 높은 줄 모르고 치솟아 몇 년 사이 서너 배는 폭등했다. 어디든 도시에서 저렴한 가격을 찾는다는 건 어불성설이지 않은가. 바닷가 근처나 풍광 좋은 산등성이엔 보기에 그럴듯한 집들이 줄지어 있지만 절대 내 것은 아니다.

저 산 아래 들녘에 있는 방 둘에 화장실 있고 땅은 1에이커짜리를 눈여겨보면서 "넌 내꺼야!" 하고 들뜬 마음으로 왔다. 아쉬운 건 냇물이 없어 거위가 헤엄치며 노닐 곳이 가까이 없다는 것이었다. 땅을 파서 작은 연못이라도 만들면 된다며 드디어 찾았다고 콧노래를 부르며 왔다. 그 순간 찬물을 끼얹는 사람이 안 된다고 소리를 친다. 외진 곳은 여자가 살기 아주 위험하고 총을 소지하고 있어야 한다나. 병원도 멀고 마켓도 가까이 있지 않아 그 불편을 어찌 감당하려고 우기냐면서 내 결정을 꺾는다. 이리하여 하루 만에 일장춘몽이 되었다. 하지만 아직도 부동산

에이전트하고 연락하며 죽기 전에 해 보고 싶은 일을 위해 무너진 기를 다시 찾아 세우고 있다. 지성이면 감천이라고 하지 않는가.

요즘 미국에서 가격 대비 가장 살기 좋은 곳은 아이다호 주의 주도인 보이시와 메리디안 동네라고 한다. 집값이며 생활비도 저렴하고 교육환경도 좋은 점수를 받았다. 예전에 가 본 기억으로 조용하며 공기도 청정하고 호수도 많았지만 바다가 없어 왠지 허전했다. 하지만 거위가 마음껏 헤엄치고 즐길 수 있는 물가가 많으니 구미가 당기기도 한다. 나의 꿈이 이루어질 날을 고대하며 지금 집에서 나와 함께 나이 드는 보도콜리종인 렉시와 골든 리트리버종인 말리와 새로 가족이 될 닭 5마리, 거위 2마리를 생각하며 희망의 날개를 접지 않는다.

답답한 지인들이 언제고 찾아와 쉬는 집이 되기를 바라며 그것을 위해서 기도하고 노력한다. 그때를 기다리는 기쁨으로 오늘 하루도 꽥꽥거리며 뒤뚱거리는 거위 생각에 혼자 느긋한 웃음을 짓는다.

66

나의 꿈이 이루어질 날을 고대하며
지금 집에서 나와 함께 나이 드는
보도콜리종인 렉시와 골든 리트리버종인 말리와
새로 가족이 될 닭 5마리, 거위 2마리를 생각하며
희망의 날개를 접지 않는다.

99

국물도 없는 여자

국물도 없는 여자

평소 감정의 지배를 받지 말아야지 다짐해 놓고도 무슨 일이 생기면 또 어그러지고 만다. 하긴 그 감정 자체는 옳고 그름이 없으니 과정보다 결과가 중요한 경우도 생긴다. 감정에 끌려 다니지 않으려면 참을성과 훈련이 필요하다.

나 자신에게 위로를 받고 만족을 찾아야지 외부에서 찾자니 마찰이 생기기도 한다. 어떤 문제에 부닥치면 불안한 생각부터 앞서니 항상 '때문에'라는 핑계로 합리화하려 했다.

세월이 약이 되었는지 이제는 '덕분에'라는 생각을 많이 하게 되고, 그게 습관화되니 만사가 편안해졌다. 인의예지의 잣대로 판단하려는 그 얄팍한 마음이 줄어든 것이다. 어느 누구도 세상에서 잘난 것도, 내세울 것 역시 없긴 마찬가지지 않은가.

삼국지에서 조조의 모사 정욱의 '배수진'이 기억난다. 물에 빠져 죽느니 죽을 각오로 싸워 이겼다는 말이다. 죽을 결심으로 생각을 다잡으면 무서울 게 없기 마련이다. 그런 야무진 논리도 늘 생각이 먼저였으니 장비같이 호통만 치다 죽을 인생이었다.

나잇값을 하는 게 뭔지 늙는다는 게 왜 편한 건지 공감하는 요즘이다. 노년의 멋과 낭만이 이런 맛이란 걸 깨닫게 되니 마음이 평온하다. 하기 싫은 일이라면 하지 않으면 그만이고, 외출하는 복장마저 꾸미지 않아도 자연스러운 모습이 좋다. 사고 싶은 것보다 버리고 싶은 것이 더 많으니 이만하면 부자이지 않은가. 비운 마음에 담을 것이 조촐하니 욕심은 이미 벗었다.

여유 있는 세월에 하늘도 더 자주 바라보며 빈터에 화초도 심게 되는 날이다. 미울 것도, 삐칠 일도 없으니 드는 생각도 옳고 바르다. 단점만 들추어내어 남에게 상처 준 일도 후회되고 억울하여 원망했던 지난 일들도 이해하게 된다.

의식주 문제에서 해방되니 여유로움에 걱정이 사라진다. 하긴 먹고 싶은 것도 없어지고 식탐도 줄어들어 영양실조에 걸리지 않나 하는 우스운 말을 하기도 한다. 거울을 보면 점점 처지는 얼굴 근육을 두 손으로 치켜 올리며 이십 년은 젊어졌다고 하면서 웃으니 좋다. 비우고 내려놓으며 담담히 맞는 저무는 삶의 여정에 사랑과 정을 쌓아 올리며 가는 이 길이 느긋하다. '버리고 갈 것만 남아서 편하다.'라는 박경리 선생님의 말씀이 명언이지 않은가.

요즘 내 나이만큼도 못 사신 부모님이 자주 생각난다. 좋은 세상을 누리지 못하고 일찍 가신 게 아픔이 되고 불효가 되고 상처가 되었다. 혼자 생각하며 추억할 시간이 많다 보니 무엇보다 더더욱 간절해지는 일이다. 노후를 맞을 기회도 없이 황망히 떠나셔야 했는지, 안타깝기에 나에게 베푸셨던 일들이 더 애틋하다.

손맛이 있으셨던 어머니가 해 주셨던 겉절이김치가 생각나서 마켓에 달려가 재료를 사 왔다. 하다가 힘에 부쳐서 귀찮아졌다. 우리 엄마는 어떻게 그 많은 일을 불평 없이 웃으면서 하셨는지 대단한 여인이었다. 마지못해 정성 없이 만들어 내놓은 반찬이 맛이 있을까.

우리 부부는 대충 먹다가도 아이들이 온다면 무엇이라도 더 준비하려고 부엌에서 종일 서성인다. 그런데 입맛들이 제각각이고 손주들 반찬도 따로 만들어야 하니 결국 음식을 사 오든지 식당가서 먹게 된다. 큰맘 먹고 하는 날은 우거짓국이나 미역국을 끓인다. 거기에 불고기나 생선조림, 나물 한두 가지. 그러면 잔칫상이다.

한국말은 어눌해도 토속음식을 좋아하는 사위는 국을 두 그릇씩이나 비운다. 내가 해주는 밥이 최고라며 엄지척! 해주니 미소로 답하지만, 이젠 그것도 점점 근력이 달린다. 원래 나는 국물이나 마시는 걸 좋아하지 않아서 건더기만 그득한 국을 한 솥 끓여놓곤 한다.

그러면 우리 식구들은 "국물 없는 국이 무슨 국이냐? 엄마는 정말 국물도 없는 여자예요."라면서 투정들이다. 내 취향대로 끓인 국이 맛은 있어도 따끈한 국물이 적어 밥 말아 먹기 어렵다는 불평이다.

이제라도 나만 먹는 국이 아니니 식구들 생각도 좀 해줘야겠다. 국물 좀 있는 여자가 되어 봐야 할 것 같다. 세상에서는 얼마간의 이득도 생기는 일이 사라져야 국물조차 없어질 텐데 말이다.

사납고 당찬 여자도 아니오, 하고 싶은 소리 다 하는 대가 센 여자도 아니오, 인정 많고 눈물 많은 내가 이런 소리를 들으니 어안이 벙벙해진다.

"

어떤 문제에 부닥치면
불안한 생각부터 앞서니 항상 '때문에'라는
핑계로 합리화하려 했다.
세월이 약이 되었는지
이제는 '덕분에'라는 생각을 많이 하게 되고,
그게 습관화되니 만사가
편안해졌다.

"

백세 시대

백세 시대

100세 장수 시대가 열리고 있는 지금, 노인의 이미지와 역할이 새삼 관심사로 떠오르고 있다. 나이가 들어 노숙해지고, 노련해진 대가만큼 대접받기를 원하는 게 인지상정이다.

백 세 까지 살려면 과연 나에게 몇 년이나 남았을까 따져보니 길지도 짧지도 않다. 여태껏 살아온 것도 감사한 일이지만 더 산다는 것에 무슨 의미를 두어야 하는지 곰곰이 생각해 본다. 장수하는 건 하늘의 뜻이지 나의 노력과는 별 상관이 없는 것 같다. 하기야 좀 더 살아 보려고 좋은 음식 먹고 운동도 즐겁게 하고 건강관리에 열심을 내는 것이 능사는 아닌 듯하다. 하루를 살아도 제대로 행복할 수 있다면….

우연히 만난 한 여인과 이야기 중에 서울 정릉에서 함께 살던 이웃사촌이었다. 세상이 좁다지만 미국까지 와서 한동네 사람을 만나다니 지구가 한 울타리 같은 기분이 들었다. 약국이며 세탁소, 중국집과 구멍가게를 들먹이다가 쌀가게와 연탄 가겟집 따님이었다. 내 동생들이 모두 다니던 숭덕초등학교 이야기까지 나누다 보니 가족을 만난 듯 반가움이 앞섰다. 어른이 아닌 청소년 시절이라 살던 집 근처 사람들은 거의 모르고 있었지만, 어렴풋이 쌀가게 부부 생각이 났다. 그녀는 지금 팔순 잔치를 벌써 지낸 그 친정 부모님과 시부모님을 모두 봉양하며 사는 보기 드문 효녀며 효부였다. 워킹맘으로서 자식들 키우며 양쪽 부모님들을 섬기며 사는 모습이 기특하고 진지해 보여 천사를 보는 것 같았다.

아침마다 양쪽 부모님께 안부 전화를 드리고 무슨 일이 생기면 찾아가서 해결하고 있다고 한다. 생활비와 치매 걸린 시어머니 간병인 비용까지 감당한다는 그녀, 경제적 시간적 비용까지 지출이 만만치 않을 텐데. 양쪽 부모님이 엄한 말씀도 하시고 서운해 하기도 하여서 힘이 빠지고 화도 나지만 참는 게 도리라는 그녀, 취미 생활을 하려 해도 시간을 내기가 쉽지 않아 속상하다면서도 양쪽 부모님 모두 오래 사셔야 한다고 말을 마무리하는 걸 보니, 어르신네들께서 복이 많다는 생각이 들었다.

오래 살고 싶은 욕심은 져버릴 수 없다. 그것은 인간의 보편적인 소망이지만 너무 오래 살고 싶은 건 욕심 같다. 건강하게 백세를 살 수 있으면 좋으련만, 가족에게 피해를 주며 목숨만 지탱한다면 그 삶이 무슨 의미가 있겠는가.

나이는 못 속인다고 한다. 아무리 건강관리를 잘해서 큰 질병이 없다 해도 희미해진 기억력과 마음만 앞서는 행동은 노인 티를 내게 마련이다. 했던 말을 반복하면서 언제 그랬냐고 우기던 할머니가 생각난다. 이 모든 게 남의 이야기가 아니다. 바로 내 이야기이며 나의 현실로 다가오고 있다. 세상이 좋아져서 백세를 내다보며 살지만 병약한 상태로는 한시도 살고 싶지 않다.

며칠 전, 우연히 인터넷에 들어가 검색을 하다가 "당신의 생명은 언제까지일까?" 하는 창을 열게 되었다. 질문대로 착실하게 빈칸을 채우고 나니 죽는 순간의 모습과 수명이 나왔다. 82세에 열흘쯤 앓다가 효자, 효녀인 자식들 보는 앞에서 평안히 눈을 감는다나. 바라던 멋진 결과였다. 100세를 못 채우고 떠나도 아쉬운 마음이 전혀 들지 않을 것 같다.

누구나 죽음 앞에서는 평등하다니 감사한 마음으로 남은 생을 잘 지내다가 편안하게 웃으며 가고 싶다. 나이가 들어간다는 것, 늙음은 자아 완성을 향한 경건한 여정이다.

내 것이 아닌 것

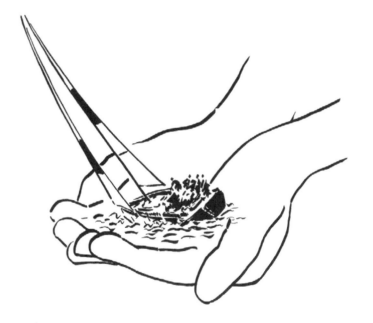

내 것이 아닌 것

　닫힌 줄 알았던 식탁 옆 창문이 슬그머니 열렸다. 놀라서 얼른 몸을 감추었다. 열린 창문으로 생면부지의 시커먼 사람이 헤집고 들어오려 애를 쓴다. 도둑이다 싶어 현관문을 열고 자리를 피하려고 나가니 앞마당엔 다른 사람들이 두 줄로 질서정연하게 서 있었다. 오도 가도 못하는 진퇴양난의 상황에서 식은땀이 등줄기를 타고 흘러내렸다. 그 어떤 탈출 방법이 생각나지 않는 절박한 순간을 방황하다 눈을 떴다. 천만다행이다. 감았던 눈을 뜬다는 것은 살았다는 증거이다. 꿈은 꿈이라고 스스로 위로를 했으나 몇 날 며칠 찜찜한 기분이 든다. 이런 느낌을 갖는다는 것, 생각할 수 있다는 것 또한 살아 있다는 증거이다.

　이런 감성이 있음과 사고할 수 있는 것은 감사하고 행복한 일이다. 산다는 것은 참으로 고귀하고 신기하다. 우리 인간은 무

생물처럼 사는 것이 아니고 지, 정, 의의 감수성을 가지고 문화와 예술과 역사라는 산물을 만들어 낸다.

지구는 자전과 공전을 하며 움직여서 낮과 밤을, 일 년 열두 달을 만든다. 벌 나비도 부지런히 날아다녀야 꽃가루와 꿀을 모은다. 일하고 움직여야 산다는 것은 기본적인 상식이니 최선을 다하여 열심히 사는 일이 삶의 도리가 된다. 매일 쏟아져 오는 수많은 소식은 반가운 것보다 듣고 싶지 않은 이야기들이 몇 곱절 많지만 나름 생동감을 가지고 있다. 쉽게 살 만한 세상은 아니지만, 그 중에 심금을 따뜻하게 하는 얼마 안 되는 밝은 일이 수많은 어둠을 젖힌다. 빛은 생명을 만들고 번성케 하는 능력이 있다. 거기에는 반드시 사랑이 동참한다. 주는 사랑, 나누는 사랑은 놀라운 효과가 있기 때문이다.

오늘도 들려 온 긴급 뉴스는 나와 동갑내기인 실력 있고 아까운 사람이 고시텔에서 번개탄을 피워놓고 스스로 생명 줄을 끊고 허무하게 가버렸다. 우리는 어떻게 태어났던지 커다란 선물이며 은혜이다. 살아갈수록 어려움과 괴로움과 슬픔과 고난과 갈등과 억울하고 힘든 일이 기쁘고 좋아서 환호성을 마음껏 지를 수 있는 날보다 훨씬 더 많다.

그렇다. 살아 온 나이에 더하기를 하듯 횟수가 늘어나는 것은 자명하다. 항상 인내하며 내 주위를 돌아보며 챙겨줄 줄 아는 그 작은 일 하나가 겁 없이 달려오는 죽음을 내몰아 주지 아니할까. 뒤숭숭한 꿈자리를 나쁘게만 생각하지 않기로 마음을 바꾸면서 긍정적인 이유를 만들어야겠다. 스스로 지키고 가꾸면서 좀 더 나은 나를 만들도록 수고하며 관리를 하는 것이 옳은 것이다. 저물어가는 황혼 빛도 어두움을 기다리면서 서서히 사라지지 한순간 없어지지 않는다. 하나님으로부터 내 부모님을 통하여 생명을 주시고 이름을 지으시고 또 하루를 산다는 것은 그 어떤 고통과 불안을 모두 누르는 힘이다.

내 몸이니 내 것인 양 허투루 관리하고 보살피지 아니하고 살아온 날들이 얼마나 많았던가. 후회할 땐 이미 늦었다는 걸 알면서 안이한 생각에 지나치고 만다. 내가 돈 주고 산 것도 아니요 어디서 거저 떨어진 목숨도 아니다. 만세 전에 이미 하나님께서 예정하고 주신 생명이다.

주신 이도 거두시는 이도 그분이시니 내 것인 줄 알고 함부로 살 일이 아니다. 내 것인 줄 착각하지만 절대 내 것이 아니다. 잠시 빌려 쓰다가 그대로 놓고 가는 공수래공수거 인생이 아니던가. 욕심도 교만도 자랑도 아무 소용이 없다. 모두 내 것은 소중하고 아깝듯이 내 주인도 그런 심정일 것이다. 곱게 잘 쓰다 고장 나고 기능도 다 하면 돌려드리고 가벼운 마음으로 떠난다는 것은 지혜로운 일이다. 삶의 여백을 감사로 채우며 원망과 미움과 서운한 감정을 모두 버리고 넉넉한 마음으로 준비하는 날들로 만들고 싶다. 삶을 진지하게 늘 노력하며 반성하고 나 자신을 덮어가며 내놓지 않고 속으로 반듯하게 영글어 가면서.

　내 것 같으나 내 것이 아니니 거저 주신 나란 존재에 감사드린다. 서두르지 말고 천천히 느긋하게 살다 보면 내려놓고 갈 날이 언젠가 올 것이다. 그러니 급하게 안달하며 빨리 살 이유가 없지 않을까 한다. 한 번뿐인 삶, 인생이다. 경험 없이 한 번 사는 인생이지 않은가.

66

내 것 같으나 내 것이 아니니
거저 주신 나란 존재에 감사드린다.
서두르지 말고 천천히 느긋하게 살다 보면
내려놓고 갈 날이 언젠가 올 것이다.
그러니 급하게 안달하며
빨리 살 이유가 없지 않을까 한다.

99

느림보의 행진

느림보의 행진

참으로 게으르다. 민첩하게 행동하고 미리미리 서둘러 준비하면 여유 있게 살 수가 있다는 걸 안다. 하긴 누군가 옳은 인생은 속도가 아니라 방향이라고 했다. 우선 동서남북을 잘 찾아가야 헤매지 않고 제대로 갈 것이다.

세월은 지나가는 것이다. 그 빠른 시간을 잡는 것보다 보내며 하늘도 땅도 쳐다보며 느긋한 여유를 가져야 한다. 앞만 보고 달려오면서 언젠가 꿈은 이루어지겠지 하는 마음으로 허리띠를 졸라매며 부지런히 살면서 '나중에…'라며 손사래를 치던 사람의 하소연은 눈물이 난다.

때늦은 후회! 착잡한 심사가 되어 할 말을 잃었다. 열심히 맡겨진 일을 하다 보면 반드시 그 소원이 나타나리라 믿었다. 감나무 밑에서 기다리다 떨어진 감 맛은 어떤지 모르셨다. 가장 허망한 약속이 '나중에'라는 것이건만.

이제 와 돌아보니 남은 것은 손안에 들어와 있는 허무감과 더해진 나이에 허덕이는 육신의 잔 고장뿐이었다. 천천히 느리게 사는 방법도, 보채지 않는 여유 있는 삶의 한 방법이 된다는 걸 이제 알게 되셨다. 조바심을 내고 가고 싶었던 여행도 미루며 지낸 고단한 날들이 주위 사람들조차 멀리하게 했다.

돌이켜보면 억울함에 머리를 쳤다. 미래를 위한 투자에 집착하며 산다는 것이 어리석음이라는 걸 깨닫고 보니, 지금 이순간이 가장 소중하며 더 충실해야 한다는 것이다. 기다리면서 현재의 어려움을 참고 있는, 대책 없는 인내심은 재고할 이유가 있다.

오늘을 살며 느끼고 천천히 가는 인생을 만드는 게으름도 때론 필요하다. 오늘을 즐겁게 지내지 못하는 사람은 내일도 그러지 못하는 법이다. 미래를 기다리면서 현재를 마냥 참아내고 있다는 많은 사람의 이야기처럼 무지한 삶은 돌아볼 필요가 있다. 누리지 못한 삶은 그늘로 남는 것이다.

걱정을 쌓아놓지 말고 또 근심거리를 미리 만들어 애간장을 녹이지 말자. 고난의 연속인 삶 자체가 고통 덩어리이다. 원망과 비난도 자제하자. 불평불만이 생기는 요인이 될 수 있기 때문이다. 짜증이 파고들어 와도 스스로 떼어 버려야 한다. 속상한 마음을 담지 말고 기쁨을 만들어보자.

내 생일에 나는 나한테 선물을 했다. 아이 로봇 청소기 룸바이다. 나대신 내 일을 해줄 수 있으니 좋은 선물이다. 내가 편하고 행복해야 주위 사람이고 자식도 덩달아 행복해진다. 늘 찡그린 얼굴에 지쳐있으면 모두가 보기 좋아하지 않을 것이다.

마음의 평화가 간절히 필요한 때이다. 솔제니친의 우화가 기억난다. "인간은 25년을 인간다운 운명으로 살고, 25년은 말처럼 일하며 살고, 25년은 마음은 있으나 몸이 안 따라주니 개처럼 짖으며 살고, 그 후에는 누군가의 구경거리가 되는 삶을 산다."라고 했다. 무섭지만 일리는 있다.

이른 아침에 눈을 뜨면 할 일이 수없이 기다린다. 조반 챙기기부터 개 건사하기도 일 중의 하나이다. 일을 한다는 건 능력이 있고 건강이 남아 있음이다. 막간을 허비하지 않고 글도 쓰고 붓도 들어본다. 다친 손가락의 통증이 오늘도 괴롭히며 안달을 하지만 이미 해결할 수 없는 일이니 받아들이고 달래준다. 앞만 내다보지 않고 가끔 뒤도 돌아보며 지금 서 있는 자리에서 햇빛 한 옴큼이라도 잡아본다. 흘러 가버린 과거도 아름다운 것만 기억하며 다가올 미래도 좋은 것만 기대한다. 부질없는 일이란 걸 알면서도 서성거리게 된다.

충실히 최선을 다해 현재의 시간을 느긋하게 만나 감사를 덧입혀서 후회를 줄이려 노력해본다. 이것이 만족한 삶을 사는 방법이지 않을까. 이제야 철이 나는지 인생이 진지해지고 생명이 내게 있는 동안 금쪽같이 쓰면서 아끼고 싶다. 순간을 즐기는 연습을 해보면서… 나를 위한 이기심도 가져 보면서…

천천히 서두르지 않고 거북이걸음으로 한 발 한 발 내딛는 소중함이 이렇게 고맙고 힘이 나는지 마지막 행진을 이어나간다.

“

충실히 최선을 다해
현재의 시간을 느긋하게 만나 감사를 덧입혀서
후회를 줄이려 노력해본다.
이것이 만족한 삶을 사는 방법이지 않을까.
이제야 철이 나는지 인생이 진지해지고
생명이 내게 있는 동안 금쪽같이 쓰면서 아끼고 싶다.
순간을 즐기는 연습을 해보면서…
나를 위한 이기심도 가져 보면서…

”

디즈니홀과 조성진 독주회

디즈니홀과 조성진 독주회

푸른빛이 물러서고 붉은 노을이 대신 채워주는 하늘은 황홀한 바뀜의 시간이었다. 설레는 마음 가득 안고 LA다운 타운을 향해 서둘러 가면서도 흥분이 가라앉질 않았다.

얼마나 보고 싶고 듣고 싶던 연주회였던가. 올해 100주년을 맞는 로스앤젤레스 필하모닉 오케스트라의 특별기획으로 한국의 피아니스트 조성진의 LA데뷔 무대가 마련된 것이다.

세계적인 월트 디즈니 콘서트홀은 모든 음악인이 서보고 싶은 무대가 아닌가. 월트 디즈니를 기리기 위해 부인인 릴리안 디즈니가 5천만 불을 시에 기증하여 세워진 2,400석 규모의 멋들어진 음악당, 공사 11년만인 2003년 10월에 완공되었다. 건축의 노벨상이라 불리는 프리츠커상을 수상한 건축가 프랭크 게리의 설계로 장미꽃이 피어나는 형상으로 디자인된 은빛 스테인리스 스틸의 독특한 외관으로 남가주의 명물이다. 홀 내부는 일본의 음향학자인 야스히사 도요타가 설계하여 완벽한 음향효과를 자랑한다. 원형 경기장과 같이 중앙에 무대가 있어 청중이 둘러앉아 뒷자리라도 잘 보이게 설계되었다. 배열과 높이가 섬세하게 설계되어 최상의 조건으로 공간의 미와 음을 즐길 수 있는 곳이 아닌가 싶다.

게리가 디자인한 독특한 모양의 파이프 오르간이 정면에 설치되어 있어 지난번 모 교회 연주회 때 웅장한 그 소리를 들어 보았다. 이곳에서는 로스앤젤레스 필하모닉 오케스트라와 로스앤젤레스 마스터 합창단의 주 공연장으로 매년 정기 연주회를 하고 있다. 우리 교민도 일 년에 여러 행사의 공연을 하기에 가끔 찾는 곳이다.

음악을 하는 친구의 덕에 쉽게 티켓을 구했지만, 예매 시작과 함께 오케스트라석과 테라스석이 매진되었고 일반석 역시 순식간에 동이 나 발을 구르는 사람이 많았다고 한다.

이미 좌석을 꽉 채운 콘서트홀에는 숨소리도 들리지 않을 만큼 고요했다. 무대 중앙에 놓인 그랜드 피아노와 의자 하나! 서서히 조명이 줄어들더니 피아니스트 조성진이 입장하여 의자에 앉는다.

*드뷔시 영상 제 1권

1.물에 비치는 그림자

2.라모에 대한 경의

3.움직임

*쇼팽의 발라드 – 부드러운 느낌에 다가오는 강한 터치는 드라마틱
한 분위기를 자아냈다.

*쇼팽의 환상 폴로네이즈 Op.61 Ab 장조

객석에서 기침 소리 하나 들리지 않아 적막감마저 퍼지는 그
순간은 피아노 소리가 저리 아름답고 경쾌하고 슬프고 고요한
가를 깨닫는 시간이었다. 음악에 대해 아는 것이 별로 없는 나
자신도 음 하나하나에 어깨가 들썩이다 고개를 수그리다 눈물
이 핑 도는 감정의 온도 변화가 생기다니 명연주가 아닐 수 없
었다.

Intermission 10분 정도의 쉬는 시간도 감흥이 식지 않아 아
까운 생각이 들었다.

*드뷔시의 Images. Book 2

　1곡 - 잎새를 스치는 종소리

　2곡 - 황폐한 사원에 걸린 달

　3곡 - 금빛 물고기

*마지막 곡으로 쇼팽의 피아노 소나타 NO.3 B miner, Op.58

　조성진은 30분을 쉬지 않고 연주했다. 그 열정과 실력, 감성은 어느 누가 따라 할 수 있을까. 연주가 끝나고 일어서서 손수건으로 이마의 땀을 닦으며 건반 위로 떨어진 땀도 닦았다. 그의 손수건은 피와 고생과 노력의 향기가 배어있을 것이다. 관객 모두가 조성진의 피아노 연주에 완전히 매료되어 푹 빠졌다. 연주가 다 끝이 났다는 것이 실감 나지 않아 꼼짝하지 않고 자리를 지키고 있었다.

　시종일관 자신감 있고 안정된 모습으로 어느 누가 흉내 낼 수 없는 그만의 연주에 관객 모두를 가슴 절절한 무아지경으로 몰아내었다. 건반 하나의 음을 놓치지 않으려 귀가 반듯하게 서 있었다. 신나는 곡엔 같이 춤이라도 추고 서정적인 곡엔 누군가에 기대고 싶은 충동이 절로 일어났다.

141

2015년 쇼팽 콩쿠르 우승자로서 쇼팽과 드뷔시의 곡으로 레퍼토리를 구성한 조성진은 관객들의 기대치를 한껏 충족시키고도 남았다.

마지막 연주가 끝나고 퇴장하자 그칠 줄 모르는 기립박수로 다시 나온 그는 드뷔시의 '달빛'을 앙코르곡으로 선사하고 들어갔지만, 여전한 기립박수로 또 나와서 '초절기교 연습곡 10번, 열정'을 들려주었다. 두 번째 앙코르곡이 끝난 후에도 그치지 않는 박수와 여전히 가라앉지 않는 앙코르! 외침 속에 다시 나와 인사만 거듭하고 퇴장했다.

2시간여의 연주 내내 디즈니 홀 안에 감돌던 긴장감과 열기는 콘서트가 끝나고도 이어졌다. 입구 근처 LA 필북스토어 앞에 마련되어 진행된 〈조성진, 팬과의 만남〉 행사에는 끝이 보이지 않는 긴 행렬로 그의 인기가 실감 났다. 나도 도이체 그라모폰 음반을 하나 사서 사인을 받으려 했으나 이 역시 동이 나서 없었고 먼발치에서 자랑스러운 모습만 보고 지하 파킹장으로 내려갔다.

오늘 조성진의 피아노 연주와 2년 전 할리우드 볼에서의 피아니스트 랑랑의 연주를 둘다 들어봤지만 나름대로 생각은 정직한 연주에 매력이 있었다. 쇼맨십의 흥미위주의 연주보다 착실하고 반듯한 내면의 언어는 소박한 감명으로 다가왔다.

피아니스트 조성진이 클래식의 아이돌에서 쭉쭉 성장해 가면서 시련은 이겨내고 인내와 지혜로 견디며 대성하길 기도드렸다. 부단히 노력한 그만큼 세상은 정확하게 우리에게 그 무엇인가를 준다고 믿는다. 그 값진 노력의 대가는 박수 받아 마땅하다. 뜨거운 가슴을 안고 조용한 물이 깊은 것처럼 소신 있는 연주로 다시 또 만나길 기다린다.

66

오늘 조성진의 피아노 연주와
2년 전 할리우드 볼에서의 피아니스트 랑랑의
연주를 둘다 들어봤지만
나름대로 생각은 정직한 연주에 매력이 있었다.
쇼맨십의 흥미위주의 연주보다
착실하고 반듯한 내면의 언어는 소박한 감명으로
다가왔다.

99

라크마를 찾아서

라크마LACMA를 찾아서

고국의 한파와 미 동부의 폭설, 중서부 지방의 강풍… 등 겨울 추위가 요란하다고 한다.

아침에 집을 나설 때만 해도 제법 차가운 기온에 두꺼운 옷을 입었는데 은근한 한낮 더위가 봄날 같은 이곳 LA 날씨다. 결국 에어컨을 켜고 운전을 하니 한결 개운하다. 환상적인 날씨가 지진, 산불, 산사태 같은 악조건을 이겨내는 이유이며 매력이다.

LA카운티미술관LACMA에서 '머스 커닝햄'의 전시회가 있다 해서 무용을 전공한 며느리와의 데이트에 나섰다.

따사로운 햇볕 아래 차를 주차하고 박물관 입구로 들어서니 검은 타르가 끓어오르는 냄새가 진동한다. 웅덩이 옆에 빠져 죽었을 매머드 가족의 동상이 실물처럼 서 있다. 1870년경에 발견된 'La Brea Tar Pits'는 땅속에서 솟아오르는 검고 끈적이

146

는 기름 덩어리를 걷어내 통에 담는 과정을 곳곳에서 볼 수 있다. 헤어나지 못하고 죽은 수많은 동식물의 잔해들과 화석들을 전시해서 많은 일반인과 학생들이 견학을 오고 있었다. 빙하기 화석을 100만 점 이상의 유물을 수집하여 가장 많이 보유하고 있다고 한다.

입장권을 구입하려고 건물 앞으로 들어서니 한국의 예술품을 전시해 놓은 험머Hummer 빌딩을 알리는 커다란 족자가 천장 아래 걸려 있었다. 우리나라의 청자, 백자, 병풍, 소품과 그림, 가구 여러 예술품이 항시 전시된 곳이다. 얼마 전 문정왕후의 어보가 전시되었는데 대한민국으로 반환되었다고 들었다.

아래로 내려가니 길목에 유명한 설치 예술인 우반 라이트Urban Light가 반겨 주었다. 크리스 벌덴Chris Burden이 2008년에 작업해 놓은 가로등 309개가 숨바꼭질하듯 서서 오가는 이들의 발걸음을 그 사이로 불러들였다. 2018년에 영화배우 레오나르도 디카프리오가 이 작품을 위해 LED 전구 교체비와 전기세, 공해 오염물질 제거비를 기부했다는 글이 바닥에 쓰여 있었다. 오가는 이들의 촬영 장소로 각광을 받고 있고 밤에는 그 불빛으로 더욱 유명세를 치르고 있는 대작이다. 가로등은 하나씩 쓸쓸히 서 있어야 운치를 더할 것 같건만 이렇게 군부대 사병들처럼 집단으로 끄떡없이 서 있으니 예술은 상상을 뛰어넘어야 작품성을 인정받는 것인가 보다.

그 옆으로 고개를 돌리니 '생각하는 사람'의 작품은 없지만 로댕Rodin의 다른 조각품들이 야자나무 그늘 옆에 전시되어 있었다. 검은 청동상들의 표정이 세상 고뇌를 다 짊어지고 있는 듯 밝은 모습은 어디에도 없었다. 인간들의 삶 속에서 고해를 건너는 심정으로 다가왔다. 진실하고 살아있는 듯 한 눈, 코, 입과 팔, 다리의 근육들은 영혼이 머문 흔적의 작품인 듯싶었다.

잔디밭을 걷다 보니 대지 예술가 마이클 하이저의 '공중에 떠 있는 돌Levitated Mass'이라는 제목의 커다란 바윗돌이 터널 위에 얹혀 있었다. 2012년 리버사이드 동네 채석장에서 찾아내어 가져온 340톤의 화강암이다. 106마일의 거리를 옮겨오는 과정이 대단했던 작품이다. 밤에만 시속 7마일의 거북이걸음으로 기다시피 오면서 길 위에 걸린 신호등도 떼어내고 걸리는 나무도 잘라내고 주차된 차들도 옮기는 등 난리를 치르면서 열하루 만인 새벽 1시가 지나서야 도착했다는 작품이다. 일반 차량이면 2시간이면 충분한 거리를 11일이나 걸린 그 운송 과정은 바퀴가

196개나 달린 특수 맞춤 차량이었다고 한다. 이런 사연을 알고 보니 더욱 친근감이 왔지만, 막상 예술적인 맛은 서투른 내 안목으론 감이 오지 않았다. '저 돌보다 더 색감도 좋고 모양새도 그럴싸한 돌이 사방 천지에 있는데…. 하지만 예술이란 내가 느끼는 그런 것만은 아니겠지.' 하며 바위 밑 터널을 걸어갔다.

다음은 우리 고부와 오늘 데이트 이유인 '브로드 컨템퍼러리 아트 뮤지엄Broad Contemporary Art Museum'에서 전시 중인 무용가이며 안무가, 또 전위 예술가이기도 한 머스 커닝햄Merce Cunningham의 작품 관람이다. 그는 포스트 모던 댄스의 선구자로서 음악가 존 케이지와 함께 수십 년에 걸친 실험적인 작품들을 통해 혁신적인 안무 방법을 시도하였다. 주사위를 던져서 얻은 임의의 숫자를 안무적 의사 결정에 도입하는 우연의 기법 Chance of Procedure이 가장 대표적인 예이다.

이번 전시회에서는 비디오 아티스트 찰스 아틀라스Charles Atlas가 2012년에 만든 MC 9이라는 아홉 개의 비디오 스크린 설치 작품이 인상 깊다. 40년 동안의 협업Collaboration 기간 동안 아틀라스와 커닝 햄은 라이브 공연과 비디오 기록의 관계에 관해 연구했다. 어떻게 하면 이 두 결합에서 카메라를 순전히 기록의 목적이 아닌 안무의 한 요소로 영입할 것인가? 그의 커닝햄 회고작 MC 9에서 아틀라스는 그가 커닝햄과 함께 작업한 21개의 댄스 비디오들과 다큐멘터리 비디오에서 발췌한 영상들을 다양한 각도와 크기로 설치된 스크린에 투영한다. 아틀라스가 영상들 사이에 배치한 그래픽과 색상 예술, 카운트다운 리더는 전시회장을 찾아온 관객들을 작품 속으로 더욱 깊이 몰입시키게 된다.

커닝 햄이 말해온 "음악과 춤과 예술은 서로 독립적이고 상호 의존적이며 공통의 시간을 나눌 수 있다."라는 기본 원칙을 실현하는 작품들이다. 특별한 의미를 부여하지 않으며 자유로운 몸의 움직임과 스텝이 춤이라는 정의는 동작을 통해서만 이루어지는 것이라고 느껴졌다. 음악, 율동, 분장, 조명, 소품의 다른 요소 안무를 통해 하나로 만들어내는 창조적인 예술가였다. '구름과 영상Clouds & Screens'이라는 이번 작품을 보면서 새로운 것에 도전하는 무한한 연구와 시도는 그 만의 세계와 무용을 탄생시켰고 또 후세를 위한 밑거름이 되었다고 본다.

1919년 4월 16일 미국에서 태어난 커닝햄은 올해로 탄생 100주년을 맞아 다채로운 행사들이 한국, 파리, 런던, 뉴욕, 호주,

독일을 비롯한 세계 여러 나라에서 마련되고 있다. 90세를 살다 2009년 타계한 후 유언에 따라 그 이름의 무용단은 2012년 최상의 마지막 공연으로 해체되었다. 마사 그라함과 로이 플러, 이사도라 덩컨 이후 혁신적인 다양성과 변화, 분리 형태의 무용인 포스트 모던 댄스를 형성한 현대무용의 거장이었다.

비디오아티스트 백남준과의 40여 년이 넘는 각별한 우정으로 비디오 작품과 TV 프로젝트를 진행하며 그의 전위적인 감각과 능력을 끌어 올려주는 데 도움이 된 작품은 이번 기회에 볼 수 없어 아쉬웠다. 예술의 길은 멀고도 험하다는 누군가의 말을 새기면서 발걸음을 옮겼다.

66

커닝 햄이 말해온
"음악과 춤과 예술은
서로 독립적이고 상호 의존적이며 공통의 시간을
나눌 수 있다."라는 기본 원칙을 실현하는 작품들이다.
특별한 의미를 부여하지 않으며
자유로운 몸의 움직임과 스텝이 춤이라는 정의는
동작을 통해서만 이루어지는 것이라고
느껴졌다.

99

멀리 또 가까이

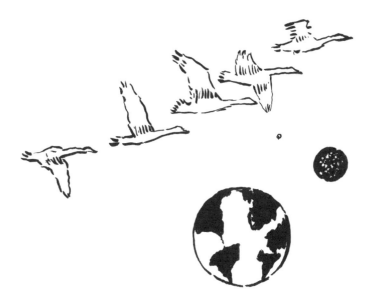

멀리 또 가까이

하나

온종일 마음이 쓸쓸하다.

살고 죽는 문제가 비일비재 일어나는 인생길이지만 태어나는 기쁨보다 죽는 슬픔이 내겐 왠지 더 크다. 남의 일로만 여기던 일들이 내 가까이 다가왔을 때 그 놀라움과 허전함은 마음의 갈 곳을 잃어버리곤 한다. 다잡지 못해 헝클어진 일상을 제자리로 돌리기 위해 더 힘든 심적 고통을 겪게 된다. 사회생활이 무너진 요즘에 어쩌다 건너 듣는 한탄스러운 사연들에 눈물을 쏟게 만든다.

코로나19로 인해 사망한 사람이 미국에서만 육십만 명이 넘는다고 해도 걱정스럽고 딱한 마음만 들었다. 내 주위에는 적어도 그 대열에 서지 않으리라 믿으며 그러길 간절히 염원했다.

하지만 어제도 그제도 눈에 선한 사람들이 떠나갔다니 이제는 현실로 직접 다가온다.

가족 모두가 악기를 잘 다루고 찬양도 잘하는 김 선교사님께서 얼마 전 응급실에서 허망하게 혼자 소천 하셨다는 소식은 도저히 믿기지 않았다. 젊고 늘씬한 미모에 소프라노로 찬양하는 사모님, 기타를 프로급으로 치는 아들을 어찌 두고…. 내 핏줄의 아픔인 양 마음의 갈피를 잡지 못했다.

남미에서 성장하신 김 선교사님이어서 한국말이 완벽하지 않았지만 맡은 사역을 열정적으로 헌신 봉사하신 분이다. 이제는 유럽인들에게 점점 기독교가 사라진다면서 스페인을 중심으로 유럽 사역을 하신 지 2년도 채 안 되었다. 처음 도전하는 일은 모험이고 두려움이 크지만, 주님 한 분만 의지하면 무서울 것이 없다시며 선교 동참을 기도로 물질로 마음으로 하시길 원하셨다. 큰 도움을 못 드린 것이 때늦은 후회로 가슴을 내려치게 된다.

'모든 일에는 때가 있다.'는 성경 말씀이 더욱 새롭게 각인된다. 작은 힘이라도, 기쁨이라도 드렸어야 하는데 왜 못했을까. 다음에 또 오시겠지 하는 나만의 여유는 나의 논리에 불과하며 나 자신의 위안 같은 느낌이 드니 더욱 답답하다.

　죄송합니다! 천국에서도 선교 일을 하고 싶으셔서 어떻게 계
신지요? 중얼거리며 잔뜩 흐린 하늘에서 하나 둘 떨어지는 빗
방울을 맞으며 내 눈물을 섞어 걷지 않으면 안 될 것 같다.

　둘

　말이 없는 사람을 보면 화가 난 건지 성격이 차분한지 아님,
당최 말하길 좋아하지 않는지 가늠하기가 쉽지 않아 고역스러
운 때가 있다. 이 아가씨가 묵묵히 피아노만 쳤지 다른 이와 말
을 섞지 않았다. 그렇다고 무례한 것도 아니고, 인사성도 깍듯
하고 공손해서 요조숙녀구나 생각하였다. 교회에 피아노 반주
자가 없을 때 이따금 와서 도와주던 목사님 친구의 딸이었다.

　그녀는 아픈 엄마, 여동생을 돌보며 본인의 건강도 자신할 수
없는 처지여서 말을 잃고 사는 느낌이었다. 볼 때마다 왠지 안
쓰러움에 말이라도 더 걸고 싶고 뭐 도울 거라도 있을까 싶기도
했다. '오른손이 하는 것 왼손이 모르게 하라.'고 한마디의 위로
를 건네기도 조심스럽고 혹 그녀의 자존심을 상하게 하지 않을
까 염려되어 선뜻 나서질 못하였다.

제삼자를 통하여 그녀에 대해 듣게 되는 말들은 더욱 측은하여 지켜보게 되었다. 그녀 아버지의 잘못으로 엄마를 자살미수까지 이르렀고, 그 충격으로 여동생에게는 정신이상이 왔다. 그녀도 정신과 치료를 받지 않으면 안 되는 처지가 되었단다. 명문대학에서 피아노 전공을 한 수재이며 유능한 젊은이가 왜 이런 아픔을 겪어야만 하는지 너무 안타깝고 서글프고 화가 나며 속이 상했다.

　'눈에 안 보이면 마음에서도 멀어진다.'고 거의 일 년 가까이 대면 예배가 중단되고 내 집 안도 어려운 일이 생겨 근래에는 영상으로 주일예배를 드렸다. 내 코가 석 자이니 남을 돌아볼 여유도 적어지고 오랫동안 캄캄한 굴속을 지나며 살아온 팬데믹 기간 같았다. 서서히 백신주사가 보급되어 순서를 기다리며 희망의 끈을 이어가는데 뜻밖의 소식에 머릿속이 하얘지고 말았다. 비극은 영화에서나 연극에서만 있는 것이 아니었다. 좋지 못한 일은 멀리에 있는 줄 알고 편한 마음으로 살아왔다. 얼마 전 그 아가씨는 죽고 엄마와 동생은 요양병원에 입원했다 한다.

　셋

둘째 남동생이 껄껄 웃으면서 전화를 했다. 반가운 소식이라도 있나 싶어 덩달아 나도 모르는 웃음을 흘렸다.

"누나! 우리 집안에도 이런 일이 생기네."

3주 전 올케가 코로나 확진 판정을 받고 응급실을 두 번이나 가도 입원도 못 하고 집에서 격리 중이라고 했다. 허탈한 웃음, 씁쓸한 웃음도 있다는 사실은 망연하게 만들었다. 요즘에는 차츰 좋아져서 이제 연락한다고 조심조심하라는 당부가 간절하였다.

나쁜 소식은 멀리서도 오지 말고 좋은 소식만 가까이에서 들려왔으면 하는 당찬 이야기는 여전히 꿈으로 남아서 돌고 돌아 들려온다.

발길이 머무는 곳

발길이 머무는 곳

만단수심을 벗어 던지고 즐기고 있는 일도 가끔은 허탈하다는 기분이 들 때가 있다.

남들이 자주 찾지 않은 곳을 궁금해 하고, 보고 싶은 충동이 일어 현실에서 이루어지길 소망하며 지낸 날들이 많았다. 여행하는 일은 내 삶의 한 부분이 되어 늘 관심과 희망으로 남아 있다. 그림이나 사진으로 본 곳을 직접 찾았을 때의 흥분은 감동을 자아내고, 성취감마저 든다.

줄줄이 써놓은 내 노트에는 오대양 육대주 가야 할 곳들의 지명이 빼곡히 적혀 있다. 하나씩 지워 간다 해도 살아생전 다 가기는 어렵고 현실성이 떨어진다. 그리고 보면 한낱 욕심에 불과한 나만의 계획을 이제는 서서히 줄여야지 생각하니 서운함과 안타까움도 더해진다.

이제 나이를 의식하게 되니 주변 정리와, 하던 일도 과감하게 쳐내지 않으면 안 될 것 같다. 여행지에서 사 모은 기념품이나 엽서, 책도 짐이다. 그래서 하나둘 없애다 보니 추억을 지우는 허무한 생각에 눈물이 핑 돈다.

생과 사를 넘나드는 가족을 지켜보며 아직은 남의 일 같던 죽음이라는 보이지 않는 어둠을 느끼지 않을 수가 없었다. 이 세상 무엇으로도 해결할 재주 없는 절체절명 순간을 연속해서 겪다 보니 지금이 가장 젊을 때요, 봄날이다.

덧없는 욕심부터 내려놓아야 하며 더 사랑하고 더 돕고 더 용서하고 무조건 감사하며 짜증을 내지 말자는 다짐을 하게 된다.

"10대는 철이 없고, 20대는 답이 없고, 30대는 집이 없고, 40대는 돈이 없고, 50대는 일이 없고, 60대는 낙이 없고, 70대는 치아가 없고, 80대는 배우자가 없고, 90대는 시간이 없고, 100대에는 모든 게 다 필요 없다."는 이야기를 듣고 실소를 했다. 내가 지금 낙이 없는 60대 길을 가고 있지만 아직까지 낙을 찾아다닐 마음은 수그러들지 않고 있으니 하고 싶은 일을 만들며 살려고 한다.

하고 싶은 일을 한다는 것은 수많은 조건이 필요하니 채워줄

여건 또한 무시할 수 없다. 생각이 현실로 이루어지기 위해서는 노력도 도움도 필요하기에 내 안에서 이루어지는 일을 우선 시작해본다.

차를 몰고 달리다가 한눈에 반할 정도로 인적 드문 풍광을 발견하기도 하는데 그런 곳은 내 기억 창고에 꼭꼭 감추어둔다. 생면강산같이 사람의 때가 묻지 않는 곳은 자연의 멋과 색깔이 그대로 있어 내 마음의 보물이다. 그곳은 아직 유명세를 치르지 않아야 하는 게 첫 번째 이유여야 하니 큰 재산이라도 얻은 듯 뿌듯하다.

30여 년 전에 찾아 가 간직한 나의 불의 계곡이 바로 그런 곳이건만, 이젠 관광버스까지 드나드는 명소가 되어 버렸다. 행여 어디라도 다칠세라 노심초사하는데 사람들이 모이다 보면 아무래도 상처가 날 것은 분명하기 때문이다. 그렇다고 마냥 숨겨 둘 일도 아니니 아끼고 서로 잘 보존하는 자연에 대한 예의가 꼭 필요하지 않을까 한다. 좋은 건 나누며 사는 게 인지상정이니 어쩌겠나.

소싯적에는 은근과 끈기가 있어 시작한 일은 끝까지 밀고 나가는 저력이 무궁했다. 근래에는 쉽게 지치고 아니다 싶으면 포기도 쉽게 하게 되며 고단한 생각은 하기도 싫어졌다. 지속성을 가진 사람이 모두 성공하는 건 아니지만 성공한 사람은 모두 지속성을 지녔다고 한다. 하긴 열정이 있으면 잠시 쉬었다 다시 집착하게 마련인데 그런 정성이 부족한 탓에 어쩌면 시작하는 모습으로 변한 것 같다. 보지 못한 일에 관심이 생겨 처음엔 물불 안 가리고 올인 하다가도 힘들고 어려우면 여기까지다 하는 결정을 쉽게 내린다.

할까 말까 하는 방황에서 벗어나려면 집착을 벗어야 하건만 괜찮다고 스스로 판단하기 때문이다. 삶의 경륜이 괜찮은 결과를 만들어 줄 것 같은 오만방자한 생각도 더해졌을 것이다.

우리의 영혼은 기분이나 느낌, 들으며 말하기 쉬운 형용적이고 진실하지 못한 말재주들로 쉽게 탁해지며 가치가 없어지기도 한다. 언어의 기술은 화려하나 결국 자아를 넘지 못하는 법이건만 무리수를 둔다. 바보는 똑똑한 사람 흉내를 내도 우습고, 좇아가도 당해내지를 못한다니 마음 비운 지 오래되었다.

이 순간이 인연의 자리이며 한여름의 더위조차 함께 나눌 수 있어 망년교 망형교 사이가 아니겠나. 발길 따라 여기를 잊지 못해 또 찾아오는 이유는 간단하지만 길고 긴 얘깃거리는 무진

장이다.

삶에 얽매이지 않고 스스로 만족감을 얻는 나만의 시간! 피서는 더위를 멀리한다지만 때로는 모든 걸 잊고 동떨어진 시간도 필요할 때가 있지 않겠는가.

버릇

버릇

모처럼 얼굴을 자세히 들여다보니 주름이 깊게 패어 있었다. 일시적인 현상이려니 하고 대수롭지 않게 지나쳤다. 그동안 몸매나 얼굴 관리를 안 하고 살아왔기에 미에 대한 건 관심 밖의 일이었으니 내가 여자가 맞나 하는 생각도 들긴 했다. 부모님께 받은 그런대로 생긴 유전자가 감사한 마음이 크기에 든든한 재산이었다.

서너 달이 지나도 왼쪽 관자놀이 근처의 우묵 들어간 곳은 전혀 아물어 들지 않았다. 왜 그럴까? 마침 한국 방문 중 친구를 앞장세워 성형외과를 찾아갔다. 걱정하지 말라며 보톡스에 필러라는 약으로 따끔한 주사를 맞고 왔다.

이제 됐다! 는 편한 마음으로 자고 일어났다. 갑갑한 기분이 들어 거울을 보니 나는 어디로 갔나. 내 얼굴이 아니고 이상한

아주머니가 서 있었다. 부작용이 생겼구나! 걱정하며 다시 찾은 병원에선 처음이라 부어서 그렇다며 대수롭지 않은 일에 수선을 떤다는 식으로 무안을 준다. 괜찮아진다는 말에 풀 죽어 나왔지만 괜찮아지긴… 미국으로 돌아오기 전 다시 찾아가니 아무 이상 없다고 귀찮듯 말한다. 결국 나 혼자만 불안한 마음으로 돌아왔다. 6개월 정도 약 기운이 다 없어질 때까지 한동안 내가 아닌 나로 살았다. 절대 칼은 안 댄다고 다짐한 터라 주사 정도야 했더니 그것도 아니다. 주신대로 생긴 대로 사는 게 우선인가 보다.

세월을 이기는 장사 없다고 노후에 내 모습은 본인 스스로 만든 것이 된다니 나쁜 습관과 고집은 고쳐서 살아가야 하는 걸 알면서도 쉽게 되는 일이 아니었다. 그런 나 자신이 속상하고 답답했다. 의지력과 결단력이 약하니 그냥 편하게 두루뭉수리 넘어가는 성격이 한몫 거들기도 했다. 불면증이 심하고 잘 때 위산 역류가 있어 저녁도 간단히 먹어야 하건만 세끼 중, 저녁밥이 가장 맛있고 외식할 기회도 많다 보니 늘 고생이었다. 지인 친구분이 그 고통으로 피골이 상접한 모습과 앉아서 잔다는 말을 듣고 겁이 났다. 고치겠다고 당찬 마음은 먹었으나 며칠 지나면 남의 일이지 내 일이 아니었다. 후회보다는 만족하는 삶이 옳은 줄 알면서도 그렇게 지나친다.

위가 안 좋은 사람은 왼쪽으로 누워 자야 눌리지 않아 소화 운동이 잘 된다고 장황스러운 설명이 카톡으로 왔다. 원래 똑바로 누워서는 못 자니 의식적으로 왼쪽으로 잤다. 그 결과 오랫동안 관자놀이가 베개에 눌려 주름이 생긴 것이다. 누워서 확인하니 딱 그 자리가 접히는 것이다. 이후로 그 버릇을 고치려 오른쪽이나 똑바로 눕지만 자다 보면 여전히 왼쪽이다. 베개를 바꾸면 낫겠지 싶어 바꾸어 베어 본 것이 몇 개나 된다. 베개가 문제가 아니다. 이 버릇을 어찌 고쳐야 하는 건지 고심 중이다.

집착증 환자도 아니건만 쓴 물건은 반드시 제자리에 두어야 마음이 안정된다. 누가 쓰고선 아무 데나 놓으면 그걸 찾느라 짜증도 나고 고생스럽기도 하다. 그러니 가족과 마찰도 종종 벌인다. 아직 다 쓰지 않았는데도 벌써 챙겼냐고 성화를 댄다. 상대방을 불안하게 만드는 조건이라나. 하지만 나중에 내가 쓰려면 십중팔구는 없으니까 더 집착하게 되나 싶기도 하다. 집착! 좀 거북한 단어이긴 하다만.

부엌 개수대에 컵 하나만 있어도 불편하다. 음식물 냄새가 싫기 때문에 그곳은 언제나 비어 있어야 한다는 생각이다. 파리나 날벌레들이 꼬이는 게 싫어 얼른 치우곤 한다. 유난히 깔끔 떠는 것도 좋지 않은 버릇이라고 복이 들어오다가도 나간다고 핀잔을 듣지만 내 마음이 편한 대로 산다. 직장 생활을 한다거나 급한 볼일로 나가야 한다면 하고 싶어도 못 할 일이지만 종일 집에만 있는 나의 어쩔 수 없는 습관이다.

내 의견을 물으면 거의 "괜찮아!" 또는 "됐어!" 두 마디다. '싫다!' '좋다!'라고 정확히 말을 안 하니까 내 속내를 모른다고 한다. 상대방을 혼란스럽게 만드니 본인 자신만 알고 있지, 배려하는 마음이 아니라고 한다. 성격인지 습관인지 버릇인지는 몰라도 내가 불편해도 상대방을 편하게 해주려고 참겠다는 '괜찮다'라는 대답이 갑갑하다고들 한다. 크게 필요하지 않으니 있어도 그만 없어도 그만이니 '됐다'라는 데도 왜 뭐라 하는지. 이것도 좋지 못한 버릇에 속하는 일인지 한참을 생각해 볼 일이다.

"

성격인지 습관인지 버릇인지는 몰라도
내가 불편해도 상대방을 편하게 해주려고
참겠다는 '괜찮다'라는 대답이 갑갑하다고들 한다.
크게 필요하지 않으니
있어도 그만 없어도 그만이니
'됐다'라는 데도 왜 뭐라 하는지.

"

보랏빛 이야기

보랏빛 이야기

사라져 가는 것들은 실로 애절한 정감을 줄 때가 많다. 그것은 사라지는 것에 대한 향수와 정 때문일 것이다. 은근한 화려함에 눈부셨던 보라색 자카란다 꽃잎이 꽃비 되어 떨어지면 신록의 계절이며 생명의 계절인 5월은 떠날 채비를 하고 곧 6월을 맞이하게 된다.

떠난다는 사실은 새로운 것과의 만남을 의미한다. 이별은 새로운 시작이라 하지 않던가. 우리 인생도 소중한 만남의 인연도 있고 가슴 아픈 이별도 있다. 인간은 자연과 달리 떠날 때 뒷모습이 아름다워 그리워지는 사람이 있는가 하면 마음을 다 주었으나 그 마음이 전해지지 않았는지 상처를 남겨 주고 떠나는 사람들도 적지 않다. 누군가 떠나며 남겨 준 상처는 혼자서 숨겨야 하고 그 상처가 스스로 아물고 나서도 그냥 잊어야 한다. 결국 상처의 아픔은 내 속에서 고쳐진다.

보랏빛 자카란다 꽃잎이 떨어질 무렵이면 나는 어머니가 생각난다. 나의 어머니는 유난히 보라색을 항상 좋아하셨다. 보라색 한복을 곱게 차려입으신 어머니의 모습은 단아하고 품위가 있어 주위의 시선을 한 몸에 받곤 하셨다. 어느 지체 높으신 댁 마나님으로 보였는지 대우를 받곤 하였으니 늘 당당하셨다.

지금도 어깨를 편 꼿꼿한 자세의 어머니 모습이 눈에 선하다. 초등학교 선생님이셨던 외할머니의 절제된 자세를 잃지 않으셨고 우리에게도 항상 옳고 바른 말씀으로 훈계하셨다. 늦잠을 자는 손녀의 못된 버릇을 바로잡고자 하는 열망으로 "아침잠이 많은 남자는 거지 팔자요, 아침잠이 많은 여자는 기생 팔자다."라는 무서운 말씀을 서슴없이 하시곤 하셨다.

어느 해 일본 출장을 다녀오신 외삼촌이 보라색 실크 스카프를 누나인 어머니께 선물하셨다. 색깔 고운 그 스카프가 좋아서 탐은 났지만, 내색은 하지 않았다. 어느 날인가 코트 속에 두르고 오신 스카프가 멋지다고 했더니 얼른 풀어서 내 목에 걸어주셨다.

어머니의 향기가 밴 스카프를 50년의 세월이 가깝도록 아끼며 애용하고 있지만, 새것처럼 고운 빛이 여전하다. 추울 때, 목에 두르면 어머니의 품속처럼 따뜻하다. 어머니가 그리울 땐 그 스카프를 꺼내어 만지작거리면 보드라운 우리 엄마의 살결 같음을 느낀다. 기품 있고 정직하게 살라 하신 어머니의 당부에 말씀이 늘 귀전에 맴돌며 어머니가 보고 싶어진다.

어려서부터 나 역시 보라색을 아주 좋아했다. 아마도 어머니의 영향이 아닌가 싶다. 언제나 그림을 그리면 보라색으로 시작하여 보라색으로 마무리를 한다. 감수성이 풍부하고 섬세하며 소극적인 성격에 자존심이 강하고 신경질을 잘 낸다고 하니 그럴 듯하기도 하다. 또 신과 인간의 조화를 상징하는 신성하고 고귀한 색이라 귀족들의 색이기도 하였다. 로마 황실의 전용품으로 쓰인 신분 높은 분들의 보라색을 지금은 누구라도 사용하니 세상을 잘 만난 덕이 크다.

차가움과 따뜻한 색의 배합, 천상의 색이니 신비와 위엄이 나타난다. 겉보기엔 부드럽고 연약한 성격이지만 겉과는 달리 속마음은 강하고 결단력이 있어 한번 결정하면 끝까지 밀어붙이는 추진력이 있는 사람과 같은 색이 보라색이다. 은근과 끈기로 무장된 색감이 아닌가.

나도 보라색과 같은 사람이 되고 싶은 마음은 간절하나 마음만으로 되기는 쉽지 않다. 성공은 쉽게 얻는 것보다 뼈를 깎아내는 고통을 통해 이루어져야 확실하게 남아 단단해질 것이다.

고이 접어 둔 보라색 스카프를 꺼내며 엄마도 만나고 당부하신 말씀도 되새김질해 본다.

66

어머니의 향기가 밴 스카프를
50년의 세월이 가깝도록 아끼며 애용하고 있지만,
새것처럼 고운 빛이 여전하다.
추울 때, 목에 두르면 어머니의 품속처럼 따뜻하다.
어머니가 그리울 땐 그 스카프를 꺼내어 만지작거리면
보드라운 우리 엄마의 살결 같음을
느낀다.

99

빗소리

빗소리

꿀맛 같은 단비가 달달하게 온종일 내린다. 눈이 부셔 가리개를 쳤던 창문을 열어 한낮의 어두침침한 분위기를 즐긴다. 사뭇 다른 곳의 느낌이 오히려 신선하고 좋다.

기나긴 가뭄 끝에 들리는 빗소리는 어느 유명한 오케스트라의 연주와 견줄 바가 아니다. 맨발로 뛰어나가 반기고 싶다. 오매불망 기다리던 임과 다르지 않다. 기다림은 관심이고 사랑이다. 무거운 기분에서 환하게 날개 달린 듯 맞이하게 된다.

작년 여름 요세미티 근처 베스 레이크로 가족 여행을 가는 길에 군데군데 서 있는 팻말을 보고 가슴 아렸던 기억이 난다. 'No Water. No Job!' 물이 없어 거북등처럼 갈라져 단단해진 농장지대는 철없는 바람만 일어 먼지만 풀풀 날리고 있었다. 일용직 노동자인 그들은 긴 세월을 어찌 버티고 견디어 이겨내며 살고 있을까. 물이 없어 황폐해진 메마른 땅을 바라보며 짓는 긴 한숨 소리가 돌개바람 속에 묻어 오른다.

베스 레이크에서 빌려 탄 보트도 어렵사리 반만 채워져 있는 호수를 머리카락을 휘날리며 달리는 기분은 저만치이고 고작 몇 바퀴 뱅뱅 돌다 나왔다. 호숫가 따라 지은 집 근처 선착장에 묶인 배들은 모래 자갈밭에 주저앉아 언제일지 기약 없는 만수를 고대하며 묵묵부답 자리하고 있었다. 5년 넘게 시달려온 극심한 가뭄의 현장은 자연 앞에 겸허한 마음을 갖게 만든다.

단순하게 살던 내게도 아직도 겪어보지 못한 일이 어느 날 마른 바람처럼 휘몰고 지나갔다. 마음이 분노하니 바윗덩이처럼 무거워진 삶을 지고 가기조차 힘들었다. 그럴 까닭도, 의도도 없었음을 인정하고 이해한다는 단비 같은 말 한마디가 아쉽고 그리웠다. 아니 내가 먼저 그 말을 하지 못한 용기 없음이 더 속상했다.

지나고 나면 목숨 걸만한 일도 아니건만 그때, 그 순간은 왜 그랬을까. 멍든 가슴 깊은 심연으로 3년여 만에 스스로 해갈을 하고선 애끓고 괴로웠던 그 날이 물속에 잠겨버렸다. 환경과 과정에 어울려 혼자 부둥켜안고 산 나약함이 변하는 경험을 해보

있다. 부족하고 없었던 것이 생김으로 바꾸어질 수 있는 것은 이 세상에 참으로 많다. 그것이 돈이 안 드는 말 한마디건 돈이 필요한 일이건 간에 마음을 나누고 물질을 나누고 사는 세상은 살만하다.

집안의 화분을 모두 꺼내어 마당 복판에 늘어놓았다. 먼지도 씻을 겸 수돗물이 아닌 빗물로 영양 보충을 시키자는 편안한 속셈이다. 언제 또 이런 호사를 시킬까 하는 속내도 작동했다. 봄에서 가을까지 비의 냄새를 거의 못 맡는 날씨의 배려이다.

차고에 있던 자동차도 꺼내 놓았다. 타올에 세제를 묻혀 한번 밀어주니 소나기가 지나면서 말끔하게 세차를 그냥 해주었다. 수돗물과 달리 얼룩도 안 생기고 깨끗하니 윤이 난다. 목적이 있는 행동은 반드시 정답이 있기 마련이다.

이번 내린 비는 여느 때와 달리 이래저래 많은 선물과 다양함을 주고 간다. 감사가 어떤 것인지 생각하며, 알지 못한 귀중함을 찾게 되어 절절했던 소원의 한 대목을 보게 되었다.

가뭄의 친구는 산불인지 캘리포니아에는 수도 없는 화재에 시달리며 많은 재산을 연기로 날려 보낸다. 온실가스로 인한 고온 건조한 기후 탓이라니 결국은 모든 것이 인간의 잘못된 생각과 판단에서 시작된 재앙이다. 북가주 빅서 소버레인즈 산불은 두 달 넘도록 13만2천 에이커를 태우고야 진화가 되었으니 야생동물들의 생태계는 물론 우리의 생활 범위도 파괴되고 있지 않은가.

참으로 오랜만에 자주 들어보는 빗소리이다. 시에라 네바다 산맥에는 폭설이 내리지만 내가 사는 남가주에는 비가 내린다. 눈 오는 소리는 알 수 없어 운치가 없지만, 비 내리는 소리는 리듬이 있어 느낌도 생긴다. 정부에서 물 아껴 쓰라는 간곡한 메시지도, 선포한 비상사태도 이젠 들리지 않을 것 같다. 엘리뇨 현상이니 라니냐 현상이니 하는 어려운 기상 용어도 관심 밖의 일이 되었다. 폭우가 쏟아져 홍수가 나고 인명피해와 재산 피해가 막심하지만, 저수지에 물이 가득 찼다는 말 한마디에 위로를 받는다.

"

오랜만에 자주 들어보는 빗소리이다.
시에라 네바다 산맥에는 폭설이 내리지만
내가 사는 남가주에는 비가 내린다.
눈 오는 소리는 알 수 없어 운치가 없지만,
비 내리는 소리는 리듬이 있어
느낌도 생긴다.

"

상처, 살아 있음의 증거

상처, 살아있음의 증거

한 치 앞을 모르는 것이 사람의 일이라고 하더니 잠시의 부주의로 지울 수 없는 육체의 상처를 남기는 일이 일어났다.

하루의 일을 마치고 밤늦은 시간에 시장기가 느껴졌다. 밤참을 준비하려고 냉장고에서 김치보시기를 꺼내는데 내 손에서 미끄러져 나간 그릇이 식탁 위에 떨어져 박살이 나면서 유리 파편이 내 손에 꽂혔다. 왼손 약지와 중지 사이에 박힌 유리 조각을 빼어내니 피가 솟구치며 멈추지 않았다.

응급실로 달려가 팔꿈치를 타고 흐르는 혈맥을 누르며 차례를 기다린 후, 일곱 바늘을 꿰매고 왔으나 시간이 지나도 통증이 가라앉지 않았다.

다시 병원에 들러 엑스레이를 찍으니 손가락의 신경 줄이 끊어졌다는 것이다. 전신마취를 하여 끊어진 신경을 잇는 수술도 받았으나 별 차도가 없었다. 한의학으로 고쳐보려고 용하다는 한의를 수소문해 찾아가 진료도 받아보고, 손 전문 명의를 만나 조언도 들었으나 저리고 찌르는 통증은 조금도 사라지지 않았다. 이 뼈아픈 고통은 누구와도 나눠 질 수도 밀어낼 수도 없는 오롯이 나만의 아픔이 되었다.

나는 손재주가 좋다는 칭찬을 자주 듣고 살았다. 늘 무언가를 만들고 해내는 작지만 건강하고 고마운 손이었다. 이 손으로 한 일도 많았지만, 또 해야 할 일도 많이 있는데, 이제는 불편하고 아픈 손, 자유롭지 못한 손이 되었으니 슬프다. 순간의 실수가 육신의 장애를 갖게 되었으니, 삶이 나에게 등을 보이며 차갑게 돌아서는 것만 같아 우울하다.

부모님이 여자아이라고 몸에 조그만 흉터라도 생기지 않도록 정성을 다해 고이 키워주셨는데 그 은공을 배반하는 내 모습이다. 주의력이 없고 급한 성격 탓인지 다치고 찢기고 데인 흉터가 늘어만 가니 나도 그런 내가 싫다.

살면서 외적이든 내적이든 한 번의 상처도 받지 않은 사람이 어디 있겠는가. 크든 작든 일상에서 우리는 끊임없이 상처를 주고 받으며 살고 있으니 우리는 모두 상처 있는 영혼들이다. 외적 상처라면 연고도 바르고 찢어진 곳이라면 꿰매기라도 하며 치료하지만, 눈에 보이지 않는 내적 상처는 정도를 알 수 없으니 그 아픔이 더 오래가며 치료법을 찾기도 쉽지 않다.

그런데 나는 하늘로부터 참 많은 것을 받으며 살았다. 내가 한 것은 거의 없고 거저 얻은 것이건만, 사람과의 사이에서 끊임없이 오해와 상처를 주고 받으며 그 속에서 지내왔다. 무심코 건넨 한 마디가 불씨가 되어 더할 수 없이 시리고 아픈 상처가 되기도 했다.

말은 위대한 힘과 요사스러운 마력을 동시에 지닌 속성이 있다. 무심코 던진 말이 본뜻에서 벗어나 커다랗게 둔갑해 오해를 불러일으키기도 한다. 그래서 좋은 관계가 끊어져 회복될 수 없게 사이가 되기도 한다.

더 내려갈 수 없을 절망의 밑바닥에서 헤매는 사람에게는 희망만이 기대할 수 있듯이, 이제 내게 주어진 상처의 고통을 피하지 않고 그대로 받아들일 것이다. 혹독한 진통의 과정을 겪은 내 상처들을 나 스스로가 보듬어 줄 때, 내가 살아 있다는 증거가 될 것이며, 꽃으로 피어날 수 있는 씨앗의 거름이 될 것이라 믿기 때문이다.

신분 변경

신분 변경

　십수 년을 망설이고 생각한 끝에 서류를 접수한 날 오후, 잘한 건지 아닌지 나 스스로 되묻고 있었다. 더 늙으면 '그래도 내 나라 대한민국 가서 살다가 그곳에 뼈를 묻어야지.'라고 결심하며 지금까지 당연시하며 지내왔다. 미국에서 사는 자식들을 놔두고 한국에 가버리면 어쩌냐며 따지고 달래도 "내가 가는 길은 내 몫이다."라고 단호하게 대답했다.

　그런데 미국의 사회보장제도가 점점 까다로워지고 병원 출입도 제한한다는 흉흉한 소문이 내 결심을 번복하게 된 결정적인 이유였다. 노년을 그나마 자식들에게 폐 끼치지 않고 살아야 하는 처지엔 여간 고민스러운 일이 아니었다. 몇몇 지인에게 자문하고, 또 사회보장국 사무실 가서 의논하고 가족회의도 연 끝에 미국의 시민권 신청을 결정하였다.

서류라는 것은 언제나 만반의 준비를 해도 써넣어야 할 빈칸들은 복잡하고 기억의 한계를 느끼게 하니 한 번으로 끝나는 일이 아니었다. 운전기록, 여행기록, 이사기록… 20여 년이 넘는 지난 일들을 무슨 초인간적인 능력으로 기억해 내야 할지. 케케묵어 발효된 듯싶은 예전 기록물들을 뒤져 한 줄 써넣고 한 달, 두 달… 수없이 다닌 해외여행 기록의 날짜는 대충 쓰고 한국 가서 출입국 증명서도 발급받고 차량국 가서 운전기록도 만들었다. 이사야 많이 다니지 않았다 해도 예전 주소는 왜 잊어버리는지….

이러니까 하기 싫지! 못마땅한 소리가 일하기 싫은 공사장 인부들의 넋두리 같았다.

거의 다 썼는가 했는데 또 망설여지는 빈칸이 있다. 성과 이름을 바꿀 수 있는 공간이었다. 그동안 성은 가족성을 따르느라 강 씨가 아닌 김 씨를 써 왔고, 이름은 성옥 그대로 사용했다. 이참에 미국 이름으로 바꾸라는 자녀들의 건의와 내게 맞는 이름을 적었다는 종이쪽지를 보니 어울리지도 않았고 아버지의 얼굴만 오버랩되어 비쳤다. 아버지께서 주신 성을 바꾼 것도 불효였는데 '지성 드려 얻은 보석'이라고 지성 '성' 자에 구슬 '옥'

이라는 귀한 이름까지 버리기는 싫었다. 바뀐 이름으로 모든 서류를 차후에 고쳐야 하는 번거로움도 장애였다. 우리 베이비부머 세대에는 자기 이름에 만족하지 못하는 사람들이 의외로 많지만, 나는 어른들의 뜻이 있어 지어주신 이름이라고 생각되어 소중했다.

이제 받아 온 100개 문항이나 되는 예상 문제 책자와 DVD를 보고 미국 정부와 경제, 문화, 역사 등의 공부해야 했다. (지나고 보니 꼭 필요한 지식이다.) 학위 받는 일도 아닌데 끝도 없이 이어지는 질문에 암기력이 좋았던 젊은 시절이 그리워졌다. 무료 강좌가 많이 있었지만 쫓아 다닐만한 여유도 없으니 혼자 읽고 외우고 잊어버리고를 반복했다.

두 달 후, 인터뷰 날짜와 시간이 정해져 새벽부터 서둘러 다운타운 이민국에 갔다. 이제 호출을 기다리며 앉아 있는 자리까지 와 있으니 '잘하자'고 나 스스로에게 다짐했다. 부르는 이름에 따라 들어가 오른손 들고 정직한 선서를 하였다. 질문에 착실하게 대답도 하고 모르는 건 기억이 안 난다고 솔직하게 이실직고하면서 써 보라는 간단한 작문도 썼다.

"축하합니다!"라며 악수를 청하는 시험관. 지금은 얼굴도 이름도 기억 안 나지만 그 순간, 그가 왜 그리 잘 생기고 멋스러워 보였는지 고맙다는 인사를 하고 또 했다. 곧 시민권 선서 통지가 갈 것이라며 잘 가라는 배웅과 함께 문까지 열어주는 근사한 남자! 합격의 기쁨은 꿀맛같이 달가운 것이어서 딸이 기다리는 커피숍까지 단숨에 달려갔다.

한 달 후, 파사데나 강당에서 있을 시민권 선서식 통보를 받고 갔는데 1천여 명의 인파가 줄줄이 서 있었다. 세계 각국 120여 개국 사람들이 모였다니 정말 미합중국이 아니면 보지 못할 진풍경이었다. 입장할 때 성조기를 나눠주며 간단한 식순을 알려줬다. 미국 국가를 부르고 축사와 선서하는 의식을 완벽하게 알아듣지도 못하면서 이 자리에 있다는 사실이 송구스럽고 겸연쩍어 천장만 올려다보면서 식을 마쳤다. 다음으로 번호순으로 2층에 올라가서 시민권 증서를 받아 가라 해서 담당자 앞에 섰다.

"왜 시민권을 받느냐?"라며 빤히 쳐다보며 하는 질문에 깜짝 놀랐다. 증서를 받기만 하면 오늘 상황 끝인 줄 알았는데 무슨 돌발적 사건인지 혼란스러웠다. 어떤 대답을 원하면서 이런 질문을 하는지 머릿속이 하얘졌다. 노후대책 때문이라고 당당하게 말해야 하는지, 아니면 둘러대야 옳은 건지, 증서를 받지 못하면 모든 게 바위에 부서진 물거품처럼 될 터인데… 막냇동생은 '미국을 많이 사랑한다.'라고 했더니 오케이 했다는 생각이 그 순간 불쑥 치고 지나갔다.

사실이기도 했지만 나도 "미국을 좋아해서 이 자리까지 왔다."라고 대답하고는 미륵사 돌부처 같은 표정으로 꼿꼿이 서 있었다. 2~3분의 짧은 순간이 몇 년만큼 길고 지루하며 겁이 났다. 인터뷰한 분은 편하고 좋았는데 이 양반은 왜 이러실까? 비 맞은 중처럼 속으로는 구시렁거렸지만, 겉모양은 조각상이었다. 알았다는 듯 고개를 끄덕이며 건네주는 종이 한 장으로 나는 이제 대한민국 국민이 아닌 미국 시민이 되었다.

그날은 그렇게 지나갔지만 내가 미국 시민이라는 실감이 아직도 나지 않는 이유가 무엇인지 모르겠다. 다만 내 조국 대한민국과 몸담아 사는 미국에 누를 끼치는 일은 없어야겠다는 다짐은 심각하게 하게 된다.

우리에게 내일은 있다

우리에게 내일은 있다

　떠나보내고 맞이해야 하는 세월의 흐름 가운데 기다림이 있었지만, 이제는 많이 소원해졌다. 쉽지 않은 세상 삶에 떠밀려 부대끼며 오다 보니 지친 탓도 있지만, 작아진 마음이 더 크다.

　세월은 약이라더니 그 약의 효과일까. 이렇게 살 줄? 이렇게 될 줄? 원망의 줄도 끊어지니 서운해 할 것도 없다. 사연 없는 사람도 없고 팔자타령 안 해본 사람도 드물 것이다. 누군가를 만나서 이런저런 이야기를 나누다 보면 반드시 신상명세서를 내놓게 된다. 쉽고 편하게 인생 역전을 한 사람도 있지만, 여전히 그 둘레를 맴도는 처지도 없진 않다. 각자 주어진 몫대로 사는 게 우리의 세상사 같다.

　부모님의 의견을 무시하며 본인의 생각대로 결정한 일, 특히 혼사 문제는 해로하지 못한 경우에 아물지 못한 상처로 남게 된다. 처음 남편을 인사시켰을 때, 아버지는 "안 돼!" 한마디였다. 어머니는 늘 내 편이 되어 아버지를 설득했지만 완강하였다. 왜냐고 물어보셨더니 "수壽 한 데가 없으니…."라는 딱 한 마디셨다고 한다. 우기고 한 결혼식에는 참석 않는다며 전날 약주를 드시고 빙판길에 넘어져 얼굴이 긁히고 상처가 나셨다.

12월 중순, 흰 눈이 소복이 내린 다음 날, 예식장으로 배달 온 신부 부케는 흰 장미가 아닌 붉은 장미여서 놀랐지만, 폭설로 흰 장미를 구할 수 없었다며 양해를 구하니 기가 막히고 어이가 없었다. 그 시간 다른 도리도 없거니와 화를 내며 던져 버린다고 해결될 일은 아니었다. 결국 결혼사진은 그렇게 남아버렸다. 참석 않겠다며 준비하기를 막무가내하신 아버지는 시간이 되어 가는데도 나타나지를 않아 큰아버지 손을 잡을 판이었다. 막내 작은아버지께서 결국 강제로 옷을 입히고 사정을 해모셔와 내 손을 잡았지만, 나도 울고 아버지도 우셨다.

자식 이기는 부모 없다고 하더니 우리 부모님이 그러셨다. 나로 인한 부부싸움도 엄청나게 하신 두 분께 지은 불효는 갚고 지울 길이 없다. 차후 사위로 인정하고 외손자를 본 후에는 더할 나위 없이 아끼고 사랑해 주셨지만, 내겐 다 쏟아내지 못한 앙금이 남아 있었다. 그 아픔을 삭이는데 적지 않은 세월의 투자가 필요했지만, 지금은 아픔이 후회로 변해버렸다. 고집부린 내 생각이 밉고 오래 살지 못한 남편이 야속스러웠다.

아버지는 관상학을 전공한 분도 아니며 공학자이신데 왜 그런 말씀을 하셨을까. 180cm 되는 큰 키에 기골이 장대한 사람이어서 어디로 보나 그런 느낌이 오는 인상이 아니었는데. 더욱 의심되지만 이제 알게 된들 무슨 소용일까.

이길 수 없는 자식 일이면 부모는 아무 조건과 이유 없이 승낙하고 축복해 주어야 할 것 같다는 생각이다. 자식을 위한 축복권은 부모에게 있으니 마음이 언짢고 속상해도 그들의 미래를 바라보며 마음껏 복을 빌어주어야 할 것이다.

절친인 내 친구 미자도 나보다 더 반대하는 결혼을 우기고 하더니 지금까지 고생이다. 우리는 만나기만 하면 옛일을 들추며 "그때 왜 그랬지?"라며 되돌릴 수 없는 과거를 쓴맛으로 회상한다. 자녀들이 선택한 결정은 '좋다, 잘했다, 옳다'라며 용기와 힘을 얹어 주어야 제대로 기를 펴고 살아갈 수 있지 않겠는가. 우리 아이들은 모두 연애결혼을 했지만, 불협화음 없이 순탄케 해결되니 시간적, 경제적 이득도 많고 기쁜 마음으로 서로를 만날 수가 있다.

음악처럼 잔잔히 흐르는 인생길이 되어 평생을 사랑하며 존중하며 훗날을 향한 희망이 작아지지 않기를 바라본다. 우리에게 내일이 없는 것이 아니라 오늘 잘해 놔야 내일이 편하다는 시간의 연속성이다. 좌절이나 미워하는 생각은 모양이라도 갖지 말고 앞으로 펼쳐질 우리에겐 내일이란 미래가 기다린다고 가슴을 크게 펴자.

66

이길 수 없는 자식 일이면
부모는 아무 조건과 이유 없이
승낙하고 축복해 주어야 할 것 같다는 생각이다.
자식을 위한 축복권은 부모에게 있으니
마음이 언짢고 속상해도
그들의 미래를 바라보며 마음껏
복을 빌어주어야 할 것이다.

99

유서

유서

오늘도 장례식에 다녀왔다. 전에는 결혼식이나 돌잔치 쫓아다니기 분주하더니 이젠 조의금 마련하기 바쁘다. 그동안 코로나19로 모임을 가질 수 없게 되니 썰렁한 장례의식을 치를 수밖에 없었다. 그나마 백신주사의 효과로 처음보다는 여유 있는 행사를 할 수 있어 다른 건 몰라도 마지막 길의 배웅은 참석하려고 한다.

30년 전 같은 교회 다니던 권사님께서 치매로 고생하시다 결국 멀고 먼 길을 떠나셨다. 본인은 아무 준비도 못하고 정신 줄만 놓고 계시다가 홀연히 돌아가신 것이다. 근 일 년 가까이 가족 면회도 차단되었고 먹는 것까지 잊어버려 마르고 말라 4남매와 착한 성품만 남겨놓고 가셨다.

인간은 죽음 직전 가장 정직하고 옳은 말을 한다고 들었다. 후회와 부탁의 말들이 주를 이루겠지만 가족은 그 소리가 간절하며 유언이라면서 지키려고 노력할 것이다. 하지만 부모님의 마지막 말 한마디 못 듣고 눈을 감으셨다면 자녀들의 회한이 크게 마련이다.

요즘 갑자기 주위에 가까운 분들이 이승을 등지니 방정맞은 생각이 든다. 어느 날 예고도 없이 죽음의 그림자가 다가올지도 모르니 정신 좋을 때 미리 준비해 놓고 맞이해야지 하게 된다.

어느 날 밤, 노트를 꺼내 놓고 '유서'라고 두 글자를 썼다. 옛 일들이 주마등처럼 다가오며 수많은 사연이 떠오른다. 종이 하나 가득 쓸 것 같던 말들이 전혀 생각나지 않으며 눈물이 쏟아지기 시작했다. 제 설움에 운다고 딱 그 분위기였다. 좋은 추억보다 나쁜 일들이 자꾸 생각나니 눈물은 더욱 거칠게 흘렀다. 마음의 때는 눈물로 씻어내야 한다더니 맞는 말이다. 한참을 내 죽은 뒤에 그 누군가 울 양만큼은 운 것 같았다.

사후死後, 화장하면 5천 불 정도, 매장하면 2만 불 내외의 비용이 적어도 필요하다고 한다. 코로나19 때문에 장례도 밀려 냉동고에서 한 달 이상을 기다려야 하고 추가 비용이 든다. 마음대로 뜻대로 되지 않기는 죽으나 사나 마찬가지이다. 한동안 한 달 이상 기다려야 하던 매장 순서가 권사님은 2주 만에 승인되었다고 한다.

나는 시신은 한 번도 보지 않았다. 조부모님, 부모님과 친지나 이웃들의 시신도 무서운 생각도 들었고 보고 싶지 않았다. 장례식장에서도 마지막 모습을 보며 배웅하면 뒷문으로 돌아나왔다.

　예전에 꽃가게를 할 때는 장례 꽃을 많이 주문받았다. 시간 맞춰 배달해야 하건만 도와주는 아저씨가 트래픽이 심해 그때까지 못 온다니 어쩔 수 없어 내가 싣고 갔다. 아무도 없는 빈방에 관 뚜껑은 열려 있었고 가족 꽃이니 그 옆에 세워 놓아야 했다. 도저히 엄두가 안 나 사람을 부르니 관리하시는 분이 오셨다.

　"죄송하지만 이 꽃 좀 저기다 세워봐 주십시오."

　"아주머니가 해야지, 왜 날 시킵니까?"

　"제가 겁이 많아서 그래요. 무섭기도 하고요."

　"무섭긴 산 사람이 더 무섭습니다. 죽은 자는 덤비지도 따지지도 않고 조용해요."

　산 사람이 무섭다! 돌아 나오며 생각하니 그분의 말이 맞다. 살아있는 사람들이 총을 마구 쏘든지 때리든지 행패를 부려 어처구니없는 죽음을 당하는 사람이 매일 생기는 무서운 세상이다.

　얼마 전, 친구 언니를 만났는데 그녀가 '시신 기증을 해놔서

죽어도 아무 걱정이 없다.'라고 했다. 부부가 같이 등록해 놓아서 자기네는 걱정 끝이라고 했다. 그녀의 말에 충격을 받고 2주 후 나도 시신기증 서류를 받아 들었다. 그리고는 곧장 유씨 얼바인 UC Irvine 의과대학에 내 몸을 기증했다. 16쪽 가까운 종이 위에 열심히 읽어보고 사인하고 나니 쓸쓸한 생각도 들었지만 홀가분한 마음이 더 컸다. 사망하면 2시간 안에 와 수습해 간다니 그나마 좋은 일을 할 수 있고 장례식이며 부고도 필요 없어 간단하였다. 쓰고 남은 건 화장해서 바다에 뿌려준다니 내 흔적의 마지막은 그곳이 된다.

유서를 마무리하자니 별로 쓸 말이 없어졌다.

흙이니 흙으로 돌아가는 것뿐! 죽음은 단절이다. 아무것도 할 수 없는 상황이니 그냥 받아들이면 된다. 쓰고 남은 돈이 통장에 있다면 엄마의 마지막 선물이니 너희들 모두 가 보고 싶은데 여행 가서 즐거운 시간 갖고 오너라. 울지 말아라. 엄마가 이미 너희들 눈물까지 다 갖고 간단다. 받은 사랑 나누지 못하고 가서 미안하구나.

이 다음에 우리 천국에서 반갑게 만나자!

"

어느 날 밤,
노트를 꺼내 놓고 '유서'라고 두 글자를 썼다.
옛일들이 주마등처럼 다가오며 수많은 사연이 떠오른다.
종이 하나 가득 쓸 것 같던 말들이
전혀 생각나지 않으며 눈물이 쏟아지기 시작했다.
제 설움에 운다고
딱 그 분위기였다.

"

전각의 미를 만나다

전각篆刻의 미美를 만나다

깊어가는 가을을 그냥 보내고 싶지 않았는데 마침 리앤리 갤러리에서 전시회가 열려 한걸음에 달려갔다. 작가와도 만날 기회가 되어 배우고 알고 깨닫는 시간을 갖고 돌아올 수 있었으니 삶의 열매를 하나 따온 넉넉한 마음이 되었다.

작가가 30여 년간 작업한 117점의 전각과 서예 작품과 마주하면서, 세밀하고 꼼꼼한 성격이 아니면 도저히 엄두도 못 낼 대단한 작품들임에 감탄한다. 남가주의 로스앤젤레스에는 수많은 전시회와 공연이 줄을 잇고 있다. 내로라하는 인물들의 작품들을 마음만 먹으면 관람할 수 있는, 조건이 충분한 문화적인 도시이다.

그런 중 이곳에 살면서 고국의 정취를 느끼며 함께 나눌 수 있는 운지 김영훈의 전각전 '이신득의以信得義'(믿음으로 구원을 얻는다)는 반갑고도 고마운 행사였다.

전각은 돌이나 금, 은, 동, 나무, 옥, 상아, 나무, 대나무 등의 재료에 인장을 제작하는 예술이다. 그 방법에 따라 일명 치인, 철필, 철서, 각인, 각도장 등으로 부르는데 동양 특히 중국권 문화의 독특한 순수 예술이다. 그림이나 서예작품에 아호인, 성명인을 찍는 것은 '낙관', 예술적으로 새기는 것을 '전각'이라 한다. 즉 인장을 조각하는 것이다.

시간의 흐름과 공간의 다름에 따라 문자의 함축된 힘은 사람의 여러 가지 풍모를 움직이게 하고 있다. 이처럼 인면印面 안의 생생한 자태도 일종의 정취가 있고 또 이치가 있는 방식으로 나타나게 되었다. 작은 방촌方寸 안에 시간적인 고박古樸함과 공간적인 혼후渾厚함을 꽉 차게 하여 부드러운 광택을 느끼게 한다. 그리하여 고아한 운치를 감상할 수 있는 맛을 불러일으키게 하는 것이 곧 전각 예술이다.

옥새나 도장의 제작은 작은 부분이고 진시황 때 서체를 정리함에 팔체八體로 나누되 인면상의 문자를 모인전摹印篆이라 부르고, 신망이 육서六書를 정함에 무전繆篆이라 일컬었다. 이로부터 전서가 인장印章 인문으로 정하여졌다. 당송 때 문인 묵객들에

의하여 인장의 체제가 달라졌으며, 명 청 대로 내려오면서 전각가가 배출되어, 전각은 전서에 기초를 두고 조각 방법을 이용하여 인면印面에 성글고 빽빽함의 표현과 필치의 신비롭고 기품 있는 운치를 위주로 하는 예술 형태를 갖추어 전각은 도리어 협의의 치인治人의 학學으로 되었다. 전각은 금석학金石學은 필수이고 서법에 조각적 기술을 합쳐서 방촌 안에 잘 안배하여야 문자의 예술성을 극치로 높일 수 있다는 것이다. 교묘함과 조각 기교가 어우러져 이루어진 빛나고 독특한 예술품으로 흔상할 가치를 지니게 된다고 한다.

작품의 첫머리에 찍는 두인頭印, 중간에는 유인遊印, 마지막에 찍는 성명인姓名印 혹은 아호인이 사인Sign 대신 쓰이는 전각은 그 모양새가 여럿이었다. 주로 통용되는 의미로는 서예나 그림 등의 작품에 자신의 호나 이름을 인장으로 새겨 날인捺印하는 것으로 대부분 전서체로 새기기 때문에 '전각'이라 한다.

이 작업은 서예 5체(해서, 행서, 예서, 초서, 진서)를 모두 습득해야만 할 수 있는 어려운 작업이다. 전각으로 개인전을 하는 경우는 매우 드물기에 더더욱 귀하고 흥미로웠다.

"동양화, 도자기, 서예작품 등을 보게 되면 낙관이 남겨져 있다. 이는 마무리의 역할보다는 사각이나 혹은 원형의 작고 한정된 공간에 칼로 새겨감으로써 새로운 공간을 창조하는 전각한 '인印' 자체가 예술 작품이다."라고 한 갤러리 관장의 말이 생생히 남는다.

서울대 치과대와 미국 USC치과대를 졸업하고 오렌지 카운티의 헌팅턴비치에서 치과 개업의로 활동한 그는 15년 전 부터 아티스트로 두 번째 커리어를 꿈꿔왔다. 1986-2013년 묵향회 그룹전, 1994-2010년 한인서예협회 정기전에 참가했으며 1988년 서울에서 열린 국제서예전을 시작으로 골든 웨스트칼리지 '코리언 캘리그라피Korean Calligraphy' 'USC IGM 갤러리' 묵상 4인전, 2008년과 2010년 '아트 오브 잉크인 아메리카' '브러쉬 스트록인 아메리카' 등 활발한 전시활동을 해왔다. 특히 2017년 7월 애나하임에 위치한 뮤지오 뮤지엄Muzeo Museum 초대개인전 '획 Brush Strokes'을 통해 자유롭고 힘 있게 펼쳐진 획의 움직임을 보여주는 현대 서예작품 40점과 전각 작품 40점을 두 달 동안 선보여 주류 사회로부터 찬사와 주목을 받았다.

전시했던 노자의 도덕경道德經 6장은 동양 철학과 스토리가 들어 있어서 외국인들이 좋아하는 작품이었다. 북송 시대의 서

법가 이며 시인인 황정견의 불교 논문인 제상좌첩諸上座帖을 제일 큰 전지 4장에 초서체로 쓴 대작은 전시장 한 벽을 가득 메우고 있었다. 또 '석가헌(저녁이 아름다운 집)'은 노년을 아름답게 지내자는 뜻으로 쓴 글인데 동감하는 바가 컷다.

이번 전각전에는 어려운 한자보다는 한글로, 시 구절이나 성경 구절, 그림을 새김으로써 관람자들이 좀 더 쉽게 이해하도록 하였다. 특히 작품을 인주로 찍어 보여주던 것을 사진으로 현상하고 컴퓨터의 작업을 통해 다양하고 변형된 모습으로 나타내었다. 그의 이번 전각전을 갖게 된 데는 따로 이유가 있다고 전했다. "한번은 동양화 그룹전에 갔는데 여러 작품에 같은 전각이 찍혀있는 것을 봤다. 서예를 하는 분들을 보면 자신의 호나 이름을 새긴 낙관은 있는데 두인이나 우인으로 쓸 수 있는 전각은 다양하게 구비하고 있지 못하다. 그렇게 맞지 않는 전각을 찍는 작품을 보면서 전각 개인전을 통해 좀 더 보급하고 싶은 마음이 생겼다."라고 그는 말했다.

35년 전 시작한 붓글씨는 고 하농 김순욱 선생의 제자로 서예모임인 묵향회를 조직하여 30년을 사사 받았는데 선생의 별세로 해산된 후 18년 가까이 자신의 삶과 은퇴 후를 고뇌하게 되었다고 한다.

서예와 전각을 전업으로 제2의 인생을 결심하고 혼자 밤을 새우며 연습과 연구를 거듭하며 전업 작가의 길로 들어섰다. 전서로 먼저 작품을 쓴 후 초서로 다시 쓰고 이젠 한글로 쓰려고 준비 중이라 한다. 이응로 화백이 말년에 하신 문자추상을 보고 '갈 길이 이것이다.'라는 도전에 하루가 모자랄 정도로 열심을 내니 다음에는 새 작품들로 만나길 고대하며 기다리게 된다.

평생 손에서 책을 놓은 적이 없고 책방에 들르면 빈손으로 나온 적도 없다며 환하게 웃는 해 맑은 얼굴이 기억에 남는다. 소재를 찾기 위해 중국 고전과 공자, 노자, 장자를 읽고 현대 시인들의 시집을 수도 없이 사서 읽고, 여러 수필집도 자주 읽으며 그 속에서 보석을 캐는 마음으로 글씨 한 자 한 자를 예사로이 넘기지 않는다는 정성이 결국 훌륭한 작품으로 대신하지 않을까 싶었다. 제일 힘든 건 소재를 찾는 일이며 '독서가 작품의 기본이다.'라고 거듭 강조하는 말에 누구나 긍정하는 말이 아닐 수 없었다.

요즘 누구인들 전각이나 도장 하나 간직하지 않은 사람은 없을 것이다. 그 쓰임새와 내용을 알고 나니 크게 관심 없던 전각

하나 도장 하나도 다시 만지며 귀한 생각이 들었다. 내가 가진 육신으로 영혼과 열정을 승화시켜 작품을 만들어 예술의 경지에 이르는 일은 결코 쉽지 않은 고행의 반복이지만 하고 싶은 일은 해야 되지 않을까 싶다.

중독 이야기

중독 이야기

한참을 뒤척이다가 어렵사리 잠이 들었다. 한순간 잠을 깨우는 그 짧은 단발음의 리듬이 어두운 밤의 정적을 대번 몰아내었다. 더듬거려 손끝에 닿은 셀룰러 폰을 켜니 방안에 안갯빛 뽀얀 불빛이 솟아난다. 쫓기듯 울리는 카톡! 카톡! 하는 안내음인지 경고음인지의 소리는 질릴 때가 종종 있다.

눈이 부셔 실눈으로 확인한 내용은 한국사는 친구가 시차 개념도 없이 보낸 우스꽝스러운 얘기였다. 그건 이미 두 주 전에 다른 사람을 통해 읽은 내용이었다. 소리를 꺼놓지 않은 짜증스러운 후회 속에 이불을 머리끝까지 올리며 돌아누웠다.

휴일도 없이 쏟아져 나오는 정보와 이야깃거리는 세상 물정을 알게 하고 공유하지만, 왠지 가슴은 공허하기 그지없다. 비어있는 마음은 우울하고 걱정 근심으로 차곡차곡 채워져 간다.

심곡을 뻥 뚫어놓는 사연이나 눈물샘을 자극하는 순애보, 추억을 챙기게 하는 음악 소리가 있어도 부족함은 무엇일까? 깊이가 없고 정이 없는 일회용 애깃거리로 남기 때문이다.

얼굴을 마주하고는 언짢은 소리나 미안하다는 말은 민망스럽고 거북해 하고 싶어도 못하지만, 문자로 보내는 건 마음만 먹으면 그리 어렵지 않게 할 수 있는 이점도 그렇다. 인사치레로는 안성맞춤이다. 그리하여도 어쩌다 전화기를 잊고 나가면 되돌아오던지 그럴 형편도 안 되면 종일 답답하고 불안하다. 또 그때를 맞춰 머피의 법칙이 적용돼 중요한 일이 어긋나기도 한다. 나와 떨어지려야 뗄 수 없는 피붙이 같은 존재처럼 느껴진다. 필요악이란 말이 어울리는 물건이지만 가족보다 더 가까이 하며 아끼고 요긴하게 지니고 사는 괴물이다. 문명의 노예가 되는 순서이다.

얼마 전, 내 뜻하곤 전혀 다른 단어로 바꾸어 보내주는 과잉 친절함에 황당하여 놀란 일이 있다. UCLA 병원 중환자실에 입원해 있는 동생 같은 친구 이름이 상희이다. 건강 문제로 늘 노심초사했는데 심각한 지경이라는 연락이 왔다. 세상 때 묻지 않은 그녀의 해맑은 웃음이 어른거려 속히 가 보려고 입원실 번호

215

를 묻는 카톡을 보냈다. "상희를 지금 가서 볼 수 있나요? 방 번호를 알려 주십시오." 조금 후 무슨 소리냐고 몹시 기분 나쁜 문자가 왔다. 맙소사! "성희롱 지금 가서 볼 수 있나요? 방 번호를…"

기계가 나를 갖고 장난친 기분이 들어 아연한 사건이었다. 아픈 상희까지 공연히 우습게 만든 꼴이 되어 여간 미안하고 전화기가 괘씸스러웠다. 자동으로 고쳐주는 기능을 당장 삭제하고 나니 또 다른 불편이 생겨 이러지도 저러지도 못하는 좋고도 나쁜 야누스의 얼굴, 스마트 폰이다.

분실, 도난사고를 방지하고자 비밀번호를 입력해 나만 쓰는 이기적인 전화기를 들여다본다.

내 어렸을 적에 전화 한 대조차 없는 집이 많아 급한 일은 서로 나누어 쓰던 훈훈했던 정이 새삼 그립다. 어린아이들도 개인 전화기를 갖고 오락을 하며 몰두하는 시대, 자기 것만 아는 현실, 철저히 자신을 기계방 속에 가두어 놓고 타협도 모르고 나눔도 알려 하지 않는 소통의 단절 속에서 흥미를 느끼며 인사이드용 인간으로 성장하는 세대가 걱정이다.

올케가 속상해서 눈물을 그렁거리며 사정 얘기를 했다. 사춘

216

기가 된 조카가 시간만 나면 전화기를 들여다보고, 불러도 대답을 못할 지경으로 빠져있어 경고도 하고 사정도 하며 빼앗아 버린다는 협박도 했다 한다. 소귀에 경 읽기가 된 엄마 말의 위엄이 무너지는 순간 솟구치는 화를 다스릴 길이 없어 전화기를 낚아채 깨버렸다는 것이다.

그때부터 딸아이는 사랑하는 사람이 떠난 실연자처럼 되어 말이 없어졌다. 세상천지를 잃은 양 의욕도 하는 일도 없이 멍한 꼴이 되어 있으니 어쩌냐고 한탄의 깊은숨을 내리쉰다. 처방전을 골몰히 생각해도 뾰족한 정답이 나오지 않았다. 3~6개월 근신 기간을 갖고 다시 사주되 하루 한 시간의 정한 시간만 허락하자는 것이었다. 본인의 노력과 의지, 결심이 따라 주어야 할 터인데 피차 어려운 갈등이다.

나 역시 스마트 폰에서 해방되고 싶은 소망은 간절하나 결정 내리기가 여간 어렵지 않다. 빠르게 속히 알고 전할 수 있는 편리함보다 느긋한 여유가 아쉽지만, 알면서도 헤어나지 못하는 건 중독이라는 말이 옳은 건지 참 힘들다. 강박적인 갈망에서 잠깐의 편안과 즐거움이 남용되고 헤어나지 못하니 어쩌겠는가.

– 전자 우편은 편합니다. 아무리 멀리 떨어져 있어도 금방 소식을 주고받을 수 있어요. 하지만 모든 일에는 뜸 들일 시간이 필요한 법입니다. 특히 인간관계가 그래요. 진정한 관계는 갑자기 만들어지지 않고 세월을 통해 다져집니다.

카랑카랑한 법정 스님의 목소리가 내 귀를 울린다.

착각

착각

드디어 군더더기 없이 간단하게 살아야 할 때이다.

기운이 달리고 가라앉으려 해도 추스르고 버틸 근력을 마련해 두어야 한다. 먹으면 졸려서 쇳덩이 같은 눈꺼풀을 다스릴 길이 없어 눕고 만다. 낮잠은 아기 엄마들이나 자고 아픈 사람들이 지쳐서 눕는 줄 알고 살았는데 이건 아니다. 한낮 잠깐의 노루잠이나 괭이잠이 효과가 있다. 아사마사 기분 전환이 되니 영양제 같은 꿀잠이 아닐 수 없다. 하긴 한가한 시간이 늘어나니 처지는 삶이 되고 의욕도 줄어 열심히 할 일이 없어지는 게 문제이다. 65세쯤 정년퇴직을 하면 백세 시대를 맞아 나머지 세월을 어떻게 효과 있고 유용하게 쓸 수 있나 고심할 일이 되었다.

여행길이 막히니 무료하고 답답하기 그지없어 한숨만 나온다. 가족까지 아프다 보니 모든 일이 생각처럼 되지 않아 먼 산만 내다보고 하늘만 올려다보면서 산다는 일에 의미를 두게 된다. 이 세상에서 무엇을 어떻게 하고 살았는지는 역사가 되고 기록이 되니 헛되이 살지 말아야 하는데 말처럼 생각처럼 쉽지 않다. 버겁고 지친 삶을 승화시켜 보자니 긍정을 궁극적으로 생각하게 한다. 어수선한 세상을 탓한들 남아 돌아오는 것도 없고 안 된다고 우겨봐야 꼭 이기는 것도 아니다. 우리가 보는 빙산은 1/9뿐이고 물속에 잠긴 부분이 더 큰 것이다.

경솔하고 오만한 얼굴을 만나 상처받은 기억도 이젠 덮어두고 싶다. 그들보다 내가 먼저 그런 사람이 아니었는지 되돌아보는 것도 더없이 진지한 성찰의 시간이다. 자신을 성찰하면 함부로 하지 못한다고 하지 않았는가.

입과 혀를 지키지 아니하면 인생을 조각내는 일이 적지 않다. 주변에 일어나는 불협화음은 말조심하지 않고 추측과 억측으로 만든 일들이 양산되어 돌이킬 수 없는 사건으로 만들어져 쓰라린 아픔도 생긴다. 이런 일에 휘말리지 않는 것도 지혜건만 옆에서 듣기만 한 죄도 커서 입방아에 오르내리는 쓰디쓴 경험도 하게 된다.

양심이 교훈이었기에 나를 알기까지 고통의 세월을 겪으며 기다리는 수밖에 없다. 나만 알고 남을 귀히 여기지 않는 삶은 불행하지 않을까. 점점 자기 우선 위주로 생활도 바뀌고 배려하는 여유도 줄어드니 각박해진 현실이다.

이젠 누구를 알고 만난다는 것이 부담으로 다가온다. 구관이 명관이라고 예전 사람들이 편하고 쉽게 다가서게 된다. 직장 생활, 사회생활을 오랫동안 하지 못해 열 손가락에 세는 친구나 지인들이 내겐 큰 재산이다. 적어도 그렇다고 느끼며 자신을 가지니 이 또한 착각인지 모를 일이다.

누가 암에 걸렸다, 교통사고가 났다. 사기를 당했다, 화재손해를 입었다, 넘어져 다쳤다, 이혼을 했다더라 등등 나쁜 일들은 적어도 나와 상관없는 줄 알았다. 안일함과 기대 속에 지낸 날들이 그 얼마나 대책 없는 자만감이었는지 그 위치에 서보니 깨닫게 된다. 무모한 착각이란 것이 당해보고 겪어봐야 가슴을 치는 일이 생긴다. 자기 꾀에 속아 혼미해진 여우를 동화책에서 만난 기억이 새롭다.

내가 저지른 행동의 열매를 먹으며, 자기 꾀에 배부르다며 살아 온 날들이 있었다. 새로운 것에 부담을 느끼고 안일함의 결과만 좇다 보니 발전의 줄을 끊어버리는 격이었다. 그것이 편하고 옳다는 생각만 하니 고집만 늘어가는 형상이 되고 만 것이다.

삶을 돌이키며 정리를 하다 보니 다시는 하지 말아야 할 일들이 하나둘 기억된다. 후회를 잘 다스리면 자존감도 높아지고 마음에 상처도 줄어들 텐데 하는 안타까운 생각이다.

이제부터라도 늦었지만 착각하지 말자!

66

입과 혀를 지키지 아니하면
인생을 조각내는 일이 적지 않다.
주변에 일어나는 불협화음은
말조심하지 않고 추측과 억측으로 만든
일들이 양산되어
돌이킬 수 없는 사건으로 만들어져
쓰라린 아픔도 생긴다.

99

초심

어디선가 오토바이를 탄 경찰이 번개처럼 나타나 내 차를 정지하라며 길을 막았다. 가까이 다가오더니 교통위반을 했다며 운전면허증을 제시하라고 요구했다.

사거리 전 후면에 표시된 'NO TURN ON RED' 표지판을 무시하고 우회전을 했다는 설명이다. 도리 없이 운전면허증을 꺼내 주었다. 한눈을 판 것도 아닌데, 왜 그 표지판을 못 보았는지 나 자신에게 화가 났다. 경찰은 한참 동안 무엇인가를 기록한 후, 노란 종이 위에 내 서명을 하라 했고 서명이 끝나자 교통위반 티켓인 종이쪽지를 나에게 건네주었다. 임무를 마친 경관은 한국말로 정중하게 "감사합니다."라는 인사를 남기고 떠나가는 것이 아닌가.

나는 잠시 묘한 기분이 들며 그가 남긴 '감사하다'는 말의 의미가 얼른 이해되지 않았다.

재정에 다소 보탬이 될 벌금을 내주게 된 내가 고마워서인지, 아니면 자신의 업무실적을 올리게 되어 기분이 좋아서 고맙다는 뜻인지 해석이 애매하긴 했으나 감사하다는 인사를 남기고 간 말은, 좋은 말이기에 일진이 나빴었다는 불쾌감을 마음에서 털어냈다.

일상에서 차를 운전해야 하는 현대의 도시인들에게는 도로의 규정을 이해하고 따라야 하는 법이 있다. 그 법을 위반해 교통위반 티켓을 받으면 개인적인 책임이 지워진다. 그 책임이 벌금이다. 위반사항에 따라 벌금 액수는 다르나 한 번 위반 티켓을 받으면 최소한 $200은 기본으로 지불해야 하고 교통위반자 학교에 참석해 8시간 교육을 받아야 하니, 돈이 시간인 미국 생활에서 금전적, 시간적으로 여간한 손해가 아니다.

지금이야 사정이 달라졌겠지만 수년 전 서울 도심에서 운전자들의 운행은 교통법을 무시하는 난폭운전으로 불시에 사정없이 끼어들고, 서행이라도 하면 클랙슨을 요란하게 울려대 손에 땀을 쥐게 하는 두려움을 안겨 주는 것이 예사였다.

처음 미국에 와서 놀랍고 신기했던 일은 교통질서를 잘 지키며 안전운전을 하는 미국인의 모습이었다. 내가 이민 선배에게 '이곳의 모든 운전자가 모범적이다.'라는 칭찬을 아끼지 않았을 때 그녀는 '그것은 다 돈(벌금)이 무서워 법을 잘 지키는 것이다.'라고 했다. 내가 몇 번 당하고 나니 선배의 그 말뜻을 저절로 실감했으며 정신마저 번쩍 들곤 했다.

처음 운전면허를 취득한 초보운전 시절에는 일단 핸들을 잡으면 긴장하며 조심스럽게 도로 규정을 지키며 운전했는데 운전 경력 삼십여 년이 되니 자신감은 물론 여유 있는 마음으로 운전하고 자연히 실수도 따르는 것 같다.

초심의 조심과 겸손을 망각한 것이다. 이제는 안전 운전으로 더 이상 위반 티켓은 받지 않는 것이 상책이리라. 언제나 병아리 운전자의 심정으로 겸허하고 세심한 초보 운행을 지속할 수밖에 다른 묘책이 없다는 생각이 든다.

비단 자동차 운전뿐이겠는가, 우리의 삶도 초보자의 겸손한 마음가짐으로 살아간다면 결코 실수하는 일 없이 인생의 대도를 무사히 질주할 수 있지 않을까 싶다.

침묵의 소리

침묵의 소리

올봄엔 유난스레 새소리가 요란하다. 마음이 복잡해서 그런지 앞집의 앵무새 소리가 곱지 않게 들리며 어찌나 시끄러운지 거북스럽다. 전에는 명랑하게 들렸는데 왠지 부담되고 처마 밑 풍경의 흔들림마저 소음으로 느껴진다. 어젯밤에는 갑자기 천장에서 말발굽 뛰는 삐걱거리는 소리에 놀랐는데 잠까지 설치며 흉통까지 생겼다.

불현듯 붉은 땅 위에 흙, 모래, 바위만 있고 어떤 생물도 존재하지 않는다는 화성의 적막한 고요가 생각났다. 침묵만이 흐르고 있는 듯 조용한 마음이 솟아난다. 차디찬 바람이 획~ 지나가는 공간을 가르는 소리가 들리기 전까지는 그랬다. 그곳 역시 중력이 제로가 아니기 때문일까.

나서지 말며 묵묵히 살아 보자고 마음 다잡던 사람들이 하나

둘 나타나 의견과 사건들을 이야기한다. "흑인의 생명도 소중하다. Black Lives Matter!"이라고 한동안 시끌시끌하더니 이젠 "아시안들을 증오하지 말라 Stop Asian Hate!"라며 외치고 있다. 뭉글거리고 있으면 인종차별을 당하게 된다니 데모에, 집회에, 아니면 개설 사이트라도 등록해야 침묵의 공범자가 되지 않는 실정이다. 무관심으로 동조하는 침묵은 용서가 되지 않는 상황이다.

살아온 날보다 떠나갈 날이 더 가깝건만 별일들을 다 겪고 지내는 요즘이다. 팬데믹 기간에도 온 세상이 떠들썩하더니 지구촌이 조용해지는 날은 사라진 날이 될 것 아니겠는가. 사방이 지뢰밭 같은 이 땅덩어리에 진정한 평화와 시끄럽지 않은 날은 꿈도 꾸지 말아야 할 것 같아 참 안타깝다.

언어는 존재의 집이다. 세상 모든 일을 진행하려면 말이 기본이다. '위대한 침묵'이라며 어느 수도원에서는 전혀 말하지 않는다고 한다. 침묵을 기본으로 하지 않으면 소음이 된다니 그 이유를 알 것도 같다.

나는 이따금 하루라도 아무 말 하지 않고 살아 보려고 시도해 보지만 성공하지는 못했다. 공존해야 하는 사회에서 상대방에게 애정이나 관심의 표현은 말이니 어쩔 수 없는 일이지 않는가.

어느 날, 가족들과 '대화 없는 날'을 제의했다. "왜? 그럴 필요가 있냐?"며 시답잖게 응대하니, 나 혼자서 할 수 있는 일이 아니다. 나는 그저 하루라도 말없이 살고 싶었을 뿐이다.

생탈을 부리고 싶거나 마음이 복잡할 땐 가만히 있어 보는 것도 지혜로운 일일 것이다. 단안경을 쓰고 산 날들을 되짚어보니 필요 이상의 말을 하고 살았다. 제대로 알지도 못 하는 말을 수 없이 하는 실수도 범했다. 설령 틀림없는 말이라도 아껴야 한다. 그래서 침묵은 금이라 하지 않았을까.

실미적지근한 날씨가 머리 위로 날아다닌다. 산마루에 얹힌 구름은 말을 아끼며 바람을 속절없이 기다리고 있다. 어디로 가고 싶지만 혼자는 꼼짝을 못한다. 들어 옮겨주는 바람의 말을 들어야겠지. 옳은 말을 들어야 하는 이치를 깨닫기까지는 내가 알아야 하고 배워야 하는 법이다. 그 이치를 모르면 묵언이 우선이 되어야 할 것이다.

나의 아버지는 종일 몇 마디의 말씀만 하셨다. 평생을 말수가 적어 벙어리에 가까운 수준이었다 해도 과언이 아니다. 말하기를 당최 싫어하신 분이셨다. 말의 남음과 모자람에 신경을 쓰고 사신 분이었다. 가득 차서 넘치는 말은 실수하지 않을 수가 없으니 늘 조심하며 살라는 당부를 자주 하셨다.

시어머니를 처음 뵈러 가는 날이 기억난다. 급하고 목청 크고 웃기 잘하는 나를 불안했던 남편은 자존심 건드릴까 봐 조심스럽게 부탁의 말을 하며 다짐하였다.

"묻는 말에 공손하고 정확하게 대답할 것, 실없이 웃지 말 것, 목소리가 크니 작게 말할 것, 먼저 나서서 말하지 말 것!"

어머니는 말 많은 여자에게 점수를 안 주신단다. "아무 소리 안 하고 가만히 듣기만 하면 되겠네."라며 볼멘 대답을 하였다. 절을 드리고 앉아 말씀에 대답하다 보니 웃음이 나왔다.

"와 웃노?"

"아범이 부탁한 말이 자꾸 생각나서 그렇습니다."

"뭐라카는데….."

그동안 걱정하며 신신당부한 이야기를 해 드렸다.

"하하하하….."

"네 신랑이 그랬노?"라며 웃으셨다.

고부 사이의 서먹한 벽이 완전 허물어진 순간이었다. 작은 소리로 조용하고 간단명료하게 말하는 대화법이 내겐 쉽지 않아 솔직한 심정을 드러냈다. 얌전하고 차분한 성격도 아니고 그렇다고 설치며 나서는 용기도 없다보니 정직하고 진솔한 마음을 전해 드렸다.

침묵의 소리를 느낄 땐 알아야 하고 대화가 필요할 땐 말을 해야 한다. 그 상황을 어색하고 불편하게 만드는 무언의 종류도 여러 가지일 것이다.

콜롬비아의 메데인

콜롬비아의 메데인

중남미 국가 중 콜롬비아의 수도는 보고타이지만, 이번에 나는 매력 가득한 콜롬비아 제2의 도시 메데인을 찾았다.

호세 마리아 코르도바 공항은 마땅한 평지가 없어 산꼭대기를 깎아 만들어서 산허리를 한참을 감아 돌고 내려와서야 시내가 나타났다. 이미 어두워진 35km 길을 40분이상 택시를 탔다. 운전기사가 여자 친구를 옆 좌석에 태우고 나타났는데 혼자 오기 심심해서 그랬다면서 아무렇지도 않게 말하니 이 무슨 경우인지….

호텔에 백 팩을 내려놓고 멀지 않은 식당에 가서 저녁으로 전통음식인 반데하 빠이사(콩요리, 쵸리소 소시지, 구운 쁠라따노) 모듬요리를 먹었는데 매우 맛이 있었다. 평소에도 중남미 음식은 입맛에 맞아서 폭식하게 된다. 하긴 이곳 사람들도 한국 음식을 얼마나 좋아하는지 LA에서 늘 보아왔다. 서로 맵고 구수한 맛에 길들고 매료되어 그런지도 모를 일이다.

식사 후 간단히 커피를 마시러 쇼핑몰에 가서 주문하니 세라믹 잔에 접시까지 받쳐 주었다. 미국에서는 컵에 주는 건 좀 비싼 커피점에서나 있는 일인데…. 그들은 미국의 커피 문화는 이해할 수 없다고 하면서 이미 끓여놓은 커피를 따라주는 것도 그렇고, 종이나 스티로폼 컵에 담아내는 것도 이곳에서는 있을 수 없다고 한다. 갓 볶은 원두를 바로 갈아서 내려야 제 맛의 커피를 마신다는 말에 일리가 있었다.

과연 커피 맛의 뒤끝이 입안에 달짝지근 남아 있었다. 제대로 커피가 대접받는 곳이 남아메리카인 듯하다. 전에 멕시코나 중남미 나라에서도 같은 경험을 했다. 커피 애호가도 아닌데도 이곳에서는 몇 잔이나 먹게 된다. 세계 제1위 커피 생산국인 브라질 다음으로 커피 생산량이 많은 나라이고 일 년 내내 안데스산맥의 비옥한 토양에서 품질 좋고 향 좋은 커피가 생산되고 있다. 유명한 회사들이 투자하여 향상된 커피를 생산, 가공하니 그 차이가 당연할 것 같다.

이곳에서는 마약도 깊은 산골짜기에서 은밀하게 재배한다고 했다. 세력화된 마약 조직들과 정부가 대립하여서 늘 치안이 형편없고 싸움이 그치지 않아 정세까지 불안한 지경이다. 유명한 마약왕 파블로 에스코바르가 경찰에 사살되었지만, 가족들은 자살했다며 명예를 지키려 한다. 악당의 명예를 지키는 게 뭐가 대수인지 웃고 말았다. 정부에서 제공하는 혜택보다 그들이 베푸는 이익이 크니 어쩔 수 없이 대마초 농사를 짓고 있는 농민들을 어떻게 구제해야 하는지 큰 문제이다. 자원도 풍부하고 백성들도 선한데 정치가 바르지 못해 늘 고생하는 건 누구 몫인지….

이런 이유로 콜롬비아는 요즘에도 특별여행 주의보가 내려진 나라이니 참으로 안타깝다. 선물용 커피를 사려니 페소가 필요하여 환전소에 들렀다. 1백 불짜리에 3십만 페소정도를 바꿔주니 달러의 위력이 실감이 난다. 보통 식사 한 번에 1만 페소정도이고, 마켓에 들러보니 물가가 저렴해 그나마 살만한 이유가 아닌 가 했다.

우리가 묵고 있는 호텔 뒤에는 백화점과 상점들이 모여 있고, 내로라하는 명품매장들이 모두 있었다. 중무장을 한 군인 같은 사람들이 여기저기 지키고 있어 공연히 어디서 총알이라도 날아올 것 같아 겁이 나서 얼른 빠져나왔다.

마을이 온통 산으로 둘러싸여 있고 산꼭대기까지 주택이 빽빽하게 들어차서 밤이면 불빛이 온 산에 반짝였다. 좁고 험한 길을 자동차도 없이 어찌 올라가서 사는지 정말 궁금하였다. 전철을 타고 내리니 바로 케이블카로 산 위까지 연결이 되어 올라가면서 네 번 정도의 정거장이 있어 내리면 되었다. 살게 마련이니까 이곳까지 집을 지었는지 알 것 같았다. 엉성하고 좁은 지저분한 골목마다 판잣집이 올망졸망 모여 사는 달동네였다. 어제와 전혀 다른 분위기와 사람 모습에 만감이 교차하며 빈부의 차이가 얼마나 큰지 마음 구석이 허전하였다.

호텔로 돌아와서 산동네를 다녀왔다는 말에 프런트 직원이 깜짝 놀란다. 우범지역이라면서 그곳은 매우 위험하니 함부로 다니지 말라며 신신당부를 한다. 모르면 용감하다고 갑자기 등골이 오싹해졌다. 하지만 순진한 얼굴의 아이들과 친절한 사람들이 잊히지 않기에 연민의 정은 쓸쓸함으로 남아 있다. 지금도 작은 키에 꾀죄죄한 그들이 그리워진다. 언제 다시 만날 수가 있으려나.

호텔에서 불러준 택시를 보니 반갑게도 기아자동차의 허름한 소형 피칸토Picanto였다. 페르난도 보테로 미술관을 가기 위해 타고 가면서 창문을 내리려니 손으로 돌리는 수동이었다. 괜히 반갑기도 하였지만, 시간이 멎은 나라 같기도 했다.

이 동네 메데인에서 태어나 작품 활동을 하고 있는 보테로는 모든 인물을 뚱뚱하고 부풀게 묘사해서 그린 그림과 조각들이 가득 채워져 있었다. 바깥 광장에까지 그의 조각품들이 전시되어 있었는데 그의 거의 모든 작품을 고향인 메데인시에 기증했다고 한다. 게릴라전에 항거하는 백성들의 고통을 담아내기도 하며 불평등을 고발한다는 책임으로 만든 작품들은 많은 영감을 주었다. 지붕 위에서 손에 총을 든 채 죽은 파블로 에스코바르의 그림도 보게 되었다. 우리나라에서도 전시회를 가진 적이 있다고 기억된다. 89세의 나이에도 여전히 작품 활동을 하며 남미의 정서를 표출하고 있다. 그 외에 유명한 작가와 음악가, 화가들이 있고 민족 예술이 가득한 수공업에선 더 두드러지게 돋보이는 작품들이 많았다.

관광회사를 통해 지상 200m(지하 400m 정도 땅에 묻혀있는) 높이의 구아타뻬 돌산은 걸어 올라가야 했다. 다리도 신통치 않아서 포기하려다가 언제 다시 또 오겠나 싶어 용기를 냈다. 거북이 땀을 흘리고 한숨도 몰아쉬며 675계단을 올라서 사방을 휘 둘러보니 호수와 산과 마을들이 한눈에 들어온다. 마련된 카페에서 시원한 음료수를 한잔 사서 마시니 천하를 얻은 기분이라 표현해야 할까.

그다지 오르기 힘들었던 계단들이 내려올 때는 수월한 느낌이 들었다. 점심으로 우리나라 닭죽 같은 토속음식인 닭 가슴살에 크리올라 감자(콜롬비아에서만 생산되는 속이 노란 감자), 옥수수, 콩, 마늘을 넣어 만든 아히아꼬를 한 그릇 가득 먹으니 든든한 요기가 되었다. 새끼 돼지 배 속에 갖은양념을 넣어 구워낸 레쵸나는 불쌍한 생각에 보기만 하고 지나쳤다.

식당 앞에 물색 고운 거대한 인공호수인 엘페뇰 호수에 가 유람선을 타고 뱃놀이를 하였다. 언제 승선했는지 개 한 마리가 옆에 와서 내 발을 핥고 있어 깜짝 놀랐다. 길가에 주인 없는 개들을 많이 봐서 그중 한 마리인가 했지만, 애견가인 내게는 마음이 무척 안쓰러웠다.

스페인의 식민지였기에 고풍스럽고 멋진 성당 여러 군데를 둘러보는 재미와 얽히고설킨 많은 사연은 교훈도 주고 역사 공부도 하게 되었다. 원색으로 페인트칠을 한 오색찬란한 건물들은 촌스러운 게 아니라 화려하고 정열적으로 느껴졌다. 나무 그늘 밑에 노점상들도 궁상스럽다기보다 정이 가고 예전 어릴 적 고국의 동네 생각이 났다. 6·25 때 유엔군의 일원으로 참전한 유일한 라틴 아메리카 나라이니 애정도 가고 감사한 마음이다. 이 나라에 민주주의가 확립되고 안전하며 부강한 나라가 되기를 기원하였다.

우리나라 교민도 천여 명이 거주하고 있고 한인회도 조직되어 있다지만 한 분도 만나지 못 했다. 어디에 가나 꼭 만나는 중국 사람도 전혀 못 보았다.

스페인에서 휴가 온 사람과 에콰도르에서 온 청년과 관광버스를 같이 타 서로 전화번호를 교환하였다. 5박6일 동안 무사히 잘 지내고 애틋한 심정으로 뒤를 돌아보고 또 보며 다시 산등성이를 굽이굽이 돌아 공항으로 향했다. 마음 구석 어딘가 뜻 모를 허전함을 안고 떠나는데 언제 다시 또 올 수 있을까.

태평양을 따라 가다

태평양을 따라 가다

일상이 지루하다는 생각이 들면 자동차를 몰고 길을
떠난다. 사람을 만나는 기쁨보다 자연과 교감하는 시간은 아
깝지 않다. 특히 태평양을 옆에 안고 올라가는 1번 도로는 가도
가도 질리지 않고 심심치 않다. 적재적소에 간직해 놓은 비경에
인간들의 솜씨가 섞여져 이루어놓은 수많은 볼거리는 모든 감
각을 되살리는 데 부족함이 없다.

다나 포인트 Dana Point에서 시작하여 샌프란시스코 레깃
Leggett까지의 1055,480km의 PCH Pacific Coast Highway는 관
광지의 모음이다. 사계절을 따라 변화무쌍하게 이어지는 하나
님의 솜씨는 오묘하기 그지없다.

LA 근교의 산타모니카 비치를 따라 북상하면서 유명인들의
집과 별장이 퍼져있는 말리부 비치를 지난다. 산불과 홍수 피해

로 무너져 내리고 검게 타버린 저택들이 아깝고 허망하다는 생각이 든다. 산등성이에 펼쳐진 페퍼다인대학교 건물을 바라보며 달린다. 딸기와 채소 농장이 줄을 선 옥스나드 마을에서 채널 아일랜드로 가는 배를 탄다. 아나카파, 산타크루즈, 산타 로사, 샌 미구엘 등 4개의 어느 섬이든 승선 시간이 맞으면 가볼 만한 곳이다. 모두 무인도에 등대지기만 살고 있다. 세상과 오염되지 않은 자연 그대로의 모습과 갈매기의 산란 장소로 생태계가 제대로 보존되어 있고 희귀한 동식물이 가득하다.

남가주 인근에는 섬이 많지 않다. 샌디에이고 인근의 샌 클레멘테 섬과 롱비치 맞은편에 카타리나 섬, 아주 작은 샌타바버라 섬, 샌 니콜라스 그리고 위의 섬 4개 등 모두 8개뿐이니 더 깊고 넓어 보이는 태평양이다.

고속도로에서 다리도 쉴 겸 내려 캘리포니아에 세운 21개의 미션 중 1786년에 10번째 지은 샌타바버라 미션Old Mission Santa Barbara을 구경한다. 그곳에서 시무하다 죽은 사제들의 무덤이 건물 뒤 정원에 안치되어 있다. 인디언들을 전도하며 생활을 같이하던 그분들의 모습을 그려보게 된다. 잘 꾸며진 박물관도 한 바퀴 돌아본다. 지나칠 수 없는 샌타바버라 법원에 3면의 벽화와 시계탑 전망대에서 둘러보는 시내 경치는 일품이다. 바닷가로 내려와 피어에서 맞는 해풍은 싱그러운 바람이다. 1~3월 사이에는 바하 캘리포니아에서 새끼를 낳고 북쪽으로 올라가는 2만여 마리의 회색 고래 무리 중 한때를 쉽게 볼 수도 있다.

아빌라 비치의 생선 시장도 들러 싱싱함도 맛보고 근처 온천에 몸을 담그고 나와 피곤을 풀어낸다.

개운한 기분으로 솔뱅으로 향한다. 1911년 이주한 덴마크 사람들이 모여 살면서 자국의 문화를 지탱하며 관광지로 만들었다. 빵, 치즈를 들고 앞치마와 머릿수건을 쓰고 고깔 신발을 신은 여인, 풍차와 튤립 꽃, 안데르센과 인어공주도 어디선가 만나볼 수 있을 것 같은 느낌이 든다.

샌 루이스 오비스포에서 모로베이의 거대한 돌섬을 지나가다 보면 캠브리아 해변을 만난다. 해변 모래 위에는 옥돌들이 부서져서 청옥색, 고동색의 빛깔로 널려있다. 한 줌 주워서 주머니에 넣고 나왔다.

산타 루치아Santa Lucia 산맥 중턱에 자리한 뉴욕 언론 재벌인 윌리엄 랜돌프 허스트의 대궐 같은 저택은 부자들의 삶을 동경하게 된다. 스페인의 수도원과 영국 웨일스 지방의 800년 된 성을 해체하여 배로 실어와 다시 조립하여 지어놓은 건물이다. 방이 165개나 갖춘 어마어마한 캐슬은 한눈에 다 볼 수 없고 4부로 나누어진 투어 코스로 하나씩 다녀봐야 한다. 허스트 씨의 본처는 한 번도 이곳에 와보지 못하고 애인이었던 무명 영화배우가 안주인 노릇을 했다는데 저명인사의 파티 장소로도 유명했다.

이 저택을 캘리포니아 주정부에 기증하여 지금은 많은 사람이 관광하는 명소이다. 잘 관리된 건물들에는 실내 수영장, 실외 수영장은 영화 촬영 장소로도 나올 만큼 경관이 뛰어나다. 포도주 저장고, 식당, 손님방, 극장, 침실, 서재, 당구장, 테니스 코트… 등이 100년 가까운 세월을 묵묵히 지키고 있다.

바다를 따라 다시 북상하면 포인트 피아드래스 블랑카스Point Piedras Blancas를 만난다. 수온 차가 크고 날씨 변화도 심해 먹이가 많아서 바다코끼리의 서식지로 조건이 맞는다고 한다. 출산과 휴식, 털갈이를 하는 곳으로 수백 마리의 무리가 뒹굴고 있는데 그 모습이 장관이다. 자식이 뭔지 품 안에 꼭 안고 있는 암놈의 모습에서 모성애의 사랑이 보인다. 낮잠을 자며 숨을 내

쉴 때마다 콧바람으로 날리는 모래가 구린내 속에 같이 날아오지만 구수하게 느껴진다.

몬트레이 17마일로 접어들었다. 부자들이 모여 사는 경치 좋은 해변의 집들은 창문만 열면 거대한 태평양 바다가 눈앞에 펼쳐지니 이곳 사람들의 마음도 시원스럽고 화통할까.

이곳에 볼만한 장소가 20여 군데가 되는데 그중에 버드 락 Bird Rock이라는 바윗돌에는 온갖 바다 새와 물개, 바다사자들이 모여 떼를 이루고 있다. 왜 그 바위만을 유독 좋아하는지 이유가 궁금한데 새똥과 오물로 범벅이 되어 바위 전체가 하얗게 포장이 돼 버렸다. 돌아 나오는 길 절벽 위에 아스라이 서 있는 사이프러스 나무는 갖은 풍상을 이겨내며 꿋꿋하게 서서 대표 모델 노릇을 톡톡히 하고 있다.

골프를 좋아하는 사람이라면 누구나 단 한 번만이라도 꼭 라운딩하고 싶은 페블 비치라는 고급 리조트 안의 골프 코스에는 U.S Open 우승자였던 타이거 우즈의 기념비도 새겨져 있다. 여유 있는 사람들의 천국을 여유 없는 우리가 와서 기웃거리며 돌아보고 떠난다.

무심코 지나는 여행객이라도 살리나스 동네만큼은 들리지 않을 수 없는 이유는 존 스타인 백의 생가와 박물관이 있기 때문이다. 그의 작품은 고향에서 체험한 인간미 넘치는 글로서 퓰리처상과 노벨 문학상까지 받은 미국의 유명한 작가이다. 그의 유명작 〈에덴의 동쪽〉의 작품 배경이 되는 동네를 둘러보는 건 매우 귀하다는 생각이 든다.

올라가는 길에 스탠퍼드대학도 방문했다. 명문학교에 갈 때면 열심히 공부하지 않은 후회와 부러움으로 코끝이 찡해진다. 기다려 주지 않는 세월을, 돌이킬 수 없는 회한을 맛본다.

샌프란시스코를 올라가면 1937년에 완공한 1.7마일의 금문교Golden Gate Bridge를 만나 건너가게 된다. 이 다리는 샌프란시스코의 아이콘으로 부상해 세계 각처에서 찾아오는 관광지로도 유명하다. 그런가 하면 해마다 수십 명의 사람이 몸을 날려 죽음을 택하는 자살의 장소이기도 하다. 안개 짙게 낀 날에도 잘 보이도록 주황색 계통의 붉은 색으로 칠해져 있는데 그 붉은 색이 또 장관이다. 날마다 50여 명의 페인터가 2만 리터 이상의 페인트로 일 년 내내 색칠한다고 한다.

피어Pier 1~45까지 있는 선착장 중에 39를 찾아간다. 그곳에는 상점과 마술사의 쇼, 회전목마와 마차, 인력거 등 관광객들의 눈을 즐겁게 해주는 볼거리가 많다. 유람선의 표를 구입해 악명 높은 죄수들만 가두었던 앨커트래즈 섬의 교도소를 둘러보며 시카고의 마피아 대부 알카포네가 수감됐던 독방도 관람한다. 종종 탈옥을 시도한 죄수가 있었지만 성공한 예는 없다고 한다.

시내로 나와 전차와 버스, 케이블카도 타면서 언덕길을 오르내리면 동성애자들을 자주 보게 된다. 타인을 의식하지 않는 진한 사랑의 표현을 거리에서도 자연스럽게 한다. 골든게이트 공원, 알라모 스퀘어, 미션 돌로레스, 코잇 타워, 시빅 센터, 노브 힐의 롬바르트 스트릿 등은 충분한 볼거리를 제공한다.

1865년과 1906년 두 차례의 큰 지진으로 도시가 심하게 파괴되어 새롭게 재단장을 하였다니 캘리포니아주는 늘 지진의 두려움에서 벗어나긴 힘들다.

가는 중간 널려있는 포도밭과 와이너리, 유명세를 타지 않은 숨어있는 비경들. 어찌 다 짧은 글로 쓸 수 있을까. 보고 싶은 곳도, 볼 곳도 많은 캘리포니아를 떠나지 못하는 이유는 한둘이 아니다.

함께 걸어요

함께 걸어요

요즘 병원 가는 일이 부쩍 많아졌다. 여기저기 아픈 이유도 있지만, 예방 차원에서 검사할 일도 적지 않다. 오늘도 간, 쓸개, 콩팥 울트라 사운드를 했다. 결과야 좋을 리 없지만 그렇다고 몹쓸 병이 온 것도 아니니 다행이다. 평생 술 담배를 입에 가까이한 적이 없건만 지방간이 심하다고 한다.

간 주위가 안개처럼 뿌연 것이 지방이라며 보여준다. 특별한 약도 없으니 운동을 자주 하고 밥, 빵, 국수 같은 탄수화물을 줄이며 생선, 야채 위주의 식사하라고 추천해 준다. 지금부터 관리를 안 하면 돌이킬 수 없다고 당부가 단단하다. 콩팥에는 돌 하나가 까맣게 자리 잡고 있었다. 몇 년 전에도 신장 결석 때문에 천국과 지옥을 오고 간 경험이 있는데 그때 다 빠져나오지 않고 남아 있는 이유가 도대체 무엇인지 밉상스럽게 보인다.

병은 자랑하라 했다지만 한두 가지도 아니니 숨기고 싶은 심정이다. 장세포가 위장으로 올라와 위암 확률이 높다고 매년 위내시경을 하라 한다. 요즘같이 별난 바이러스들이 법석인데 병원 출입이 잦은 것도 그리 마음 내키는 일은 아니다. 기다리고 버티는 데까지 있다가 꼴찌로 줄을 선다. 하지만 당장 사는데 괴로운 허리 통증은 오지 말래도 가야 할 형편이다. 치료를 받지 않으면 앉고 서며 걷는 것까지 불편하니 아니 갈 수가 없다. 당장 수술도 할 수 없고 물리치료와 운동요법인데 자신과의 싸움이다. 디스크에 척추협착증이라는 병명이 아주 귀찮게 하는 요인이다.

마시는 건 음료수부터 물, 커피, 차, 술 등등 즐기질 않는다. 국이나 찌개도 건더기만 먹지 국물은 그다지 먹기 싫다. 우리 몸에 물이 부족하면 치매서부터 갖은 병들이 줄줄이 기다리고 있다 한다. 우선 물먹기부터 시작해야 할 것 같다. 파인애플을 온수에 넣어 먹으면 좋다느니 식초를 아니면 꿀을 넣으라느니 왜 이리 좋은 처방이 많은지 헷갈릴 정도다.

세상 살기 싫으면 냉수를 자주 마시라는 으름장도 있었다. 면역력을 키우라고 법석인 이때 좋다는 건강 보조제들의 선전과 광고들이 번듯하게 눈길을 끌어당기는지 별수 없이 주머니를 열고 말았다. 결국은 습관이 인생을 좌지우지한다는 건 깨닫지 못하고 당장 눈에 들어오는 쉬운 것에 현혹되고 만 것이다.

생명은 하늘의 뜻이니 생사 문제는 내 소관이 아니라 해도 사는 동안 큰 질병 없이 산다면 될 것이다. 우리나라 국민성의 특성은 급한 성격이라서 그럴까. 성질이 급한 사람은 단명하다지만 느긋하게 처신하는 사람을 만나면 열도 받고 밀어붙이게 된다. 세계에서 두 번째로 일을 많이 하고 세 번째로 잘 논다는 신기한 나라 대한민국 태생이니 혼자보다 함께 일하며 노는 삶이 서로 공감대가 생기고 성실성을 입증한다는 생각이다.

병들고 늙고 힘없고 가난해도 같이 살아 줄 동반자가 있고 가족이 있음은 큰 위로이며 용기를 만든다. 우리네 인생길은 멀고도 험하기에 뜻이 같고 취미가 비슷하고 서로의 도움이 된다면 함께 하는 길이 안전하고 지루하지 않을 것이다. 그런 친구, 이웃, 도반들이 내 곁에 있음은 커다란 축복이기에 잘 간직하고 아끼며 소중하게 생각해야겠다. 물론 그런 자리에서 먼저 솔선수범하는 숨은 배려가 뒤따라야 한다. 비가 오면 우산이 되어주고 바람이 불면 가름막이 되고 눈이 내리면 덮어 줄 옷이라도 되어야 할 것이다. 동행은 나란히 걷는 것이 아니고 앞서거니 뒤서거니 하며 서로의 손을 잡아주고 의지하며 믿고 같이 가는 길이라 생각된다.

나이 들고 아파서 열정이 사라지는 것이 아니라 열정이 사라져 나이 들고 온몸이 아픈 것이다. 사소한 병이니 고치려는 욕심을 내야겠다. 욕심이 없으면 성취욕도 없다지 않는가. 긍정의 힘이 이겨내고 궁극적으로 성공한다.

빨리 가려면 혼자 가고 멀리 가려면 함께 가라는 지당한 말씀을 생각해 본다. 오늘도 생의 먼 곳까지 가야 하니 이해하며 인내하고 보듬으면서 같이 갈 당신에게 우리 함께 걸어요! 큰 목소리로 외쳐본다.

66

우리네 인생길은
멀고도 험하기에 뜻이 같고 취미가 비슷하고
서로의 도움이 된다면 함께 하는 길이
안전하고 지루하지 않을 것이다.
그런 친구, 이웃, 도반들이
내 곁에 있음은 커다란 축복이기에
잘 간직하고 아끼며 소중하게
생각해야겠다.

99

희망의 도시

희망의 도시

　30분 만에 도착해 차를 세우고 분수대를 지나 들어가 접수를 하고 기다린다. 호명하여 채혈하고 2층으로 올라가 담당 의사를 만난다. 그리고 3층 대기실에서 다시 부를 때를 부평초 같은 심정으로 앉아 있다.

　기다림은 지루함을 동반하는 기대이다. 각양각색의 모자가 눈에 먼저 들어오는 공간에는 웃음기는 사라진 지 오래 이고 핏기 없는 얼굴들엔 희망이 무엇인지 잃어버린 듯하다. 옆방 있는 어린아이들에게서도 해맑은 모습은 찾을 길 없어 차마 눈길조차 나누기 어렵다. 이곳에는 살아 있음이 기적이며 감사이고 얼마나 대단한 일인지 아니 느낄 수가 없다.

　인류가 처한 암과의 투쟁은 끝이 없어 보이고 생명의 연장은 놀라운 업적을 이루어 냈다지만 정복은 아직 요원한 바람이다.

휠체어를 밀거나 팔짱을 끼고 부축하는 보호자의 모습 역시 그 늘진 마음이 역력하다. 스트레스, 식습관, 환경오염… 따지기조 차 막연한 이유는 이제 와서 다 소용이 있겠는가.

자기 이름에 대답조차 못 하는 가물거리는 기운으로 도살장 의 소처럼 따라 들어가서 작은 침대에 누우면 간단한 검사와 함 께 키모테라피가 시작된다. 육신이 초토화되는 순간, 네가 죽어 야 내가 산다는 절박한 치료이다. 변이된 이상세포가 죽으면서 도 저지르는 못된 짓은 옆의 멀쩡한 세포까지 끌고 간다는 고약 한 행동이다. 머리카락은 뭉텅뭉텅 빠져서 저들의 제물로 바쳐 진다. 한여름에 긴 머리가 더워 잘라내고 삭발하면 시원할 것 같다지만 절대 아니라고 한다. 햇빛을 차단해주는 머리카락이 없으면 더 덥다니 어느 하나 우리 몸에 필요치 않은 것이 없다. 남의 일로만 여겼던 일이 우리에게 현실이 되어 나타났을 때 두 려움과 함께 무너지는 현실은 고된 여정의 시작이었다.

좋은 털실을 사다 부지런히 모자를 짰다. 내 가족을 살려 달 라는 간절한 외침으로 함께 짠다. 환자들의 모자는 대부분이 수 제품이다. 상점에서 고른 모자도 있지만, 기원과 소원으로 함께 뜨개질하고 꿰매서 만들 모자이다. 인생의 막다른 길목에 섰을 때 우리는 어떻게 이해하고, 무엇을 해야 하는지 참담하다.

그곳에서 우연히 친분이 있는 부부를 만났다. 부인 머리에는 고운 색깔의 면으로 만든 스카프형 모자를 쓰고 있었다. 의사가 이제 도와줄 어떤 치료도 없다면서 집에서 쉬라고 했지만, "왜 병원도 안 데려가고 이대로 방치하냐?"고 울며불며 난리를 쳐서 하는 수 없이 데리고 왔다는 남편의 지친 얼굴을 차마 쳐다볼 수가 없었다. 무슨 위로와 격려가 좋을지 몰라 고개만 숙였다. 닷새 후, 그녀는 그리 가기 싫어 발버둥을 치던 다시 못 올 길을 떠났다.

모자의 역사는 길다. 우리나라는 부여 때부터 모자를 썼다는 기록도 있다. 외국에서도 고대 페르시아 시대부터 써온 모자는 그 쓰임새도 모양도 무척 다양하다. 그중 요리사들의 높고 기다란 모자, 인도의 터번, 구슬 달린 궁중 모자가 내 기억에 남아 있다. 옛 로마에서는 노예들이 자유의 몸이 될 때 모자를 선물로 받았다고 전해진다.

이왕이면 다홍치마라고 환한 색감으로 골라 어깻죽지가 결리고 목이 뻣뻣해지도록 열심을 다해 한 코 한 코 떠서 모자를 완성했다. 서너 개 만드는데도 적지 않은 시간이 걸렸지만 완성품을 씌워 주면서 그의 암 덩이가 봄볕에 얼음 녹듯 떨어져 나가기를 간구하였다.

권위와 멋이었던 모자는 이제 용도도 부지기수이고 필요에 따라 모두가 쓰는 애용품이 되었다. 예의를 차리거나 추위, 더위, 먼지를 막기 위한 신체 보호기능에서부터 용도가 다양했다.

이번 달에도 병원을 들어서는데 정문 앞에서 수십 개의 모자를 가져와서 자원봉사자들이 환자들에게 나누어 주고 있었다. 자원봉사자들과 같은 마음으로 동참하여 건강을 회복한다면 변변치 못한 내 손으로 만들어 모두에게 씌워 주고 싶었다. 허리 굽은 할아버지, 말라서 대꼬챙이 같은 할머니들이 상냥스러운 웃음으로 분주하게 환자들을 안내하고 있었다. 병원에서 치료받고 생명을 연장한 감격과 감사, 기쁨을 다른 환자들에게 나누며 정성으로 섬기는 모습이 감동이다. 돌아가신 분들의 가족은 후원금으로 그 이름을 기리니 커다란 건물에서 작은 의자까지 이름표가 붙어있다. 재물은 나를 위해 쓰는 것은 큰 뜻이 없고 남을 위해 베풀었을 때 그 가치와 의미가 제대로이지 싶다.

장미꽃이 만발한 분수 앞 정원에 환자들이 햇빛을 받으며 가족 아니면 친구, 지인과 힘겨운 대화를 하고 있다. 시한부라는 삶의 한계를 어찌 받아들이고 하루를 십 년같이 쓸 수 있을까.
무언가 보람과 아름다운 마무리를 위해 행동하고
결정한다는 일은 어렵고 용기가 절실한 것이다. 지나간 많은 사
람의 기록은 눈물이 나지만 힘이 솟고 기적 같은 사건의 결말에
도 다가가게 만든다. 살고 싶고 살아야 하고 살아내야만 하는
충분하고 합당한 목적과 이유가 있다. 그 희망의 끈을 이어주는
것이 절망하지 않고 원망도 버리고, 살겠다는 굳은 의지가 꼭
필요하다.

키모테라피의 후유증이 결국 못 먹게 만들어 암도 굶고 환자도
굶어 죽는 것 같다. 토해도 먹어야 하루라도 더 산다고 옆에서
권하는 자의 심정을 이해 못 하는 건 아니겠지만 모두 어려운
동행을 하면서 미움과 괴로움도 인내와 사랑으로 변화시킨다.

　"오늘은 City of Hope이라는 이름을 City of No Hope,
Today!"라며 코를 찡끗 움칠거리며 하는 낯익은 환자의 인사가
종일 머릿속에서 맴돈다. 그리곤 나지막이 읊는 간절한 독백을
들었다. "암들아! 내가 죽으면 너희도 함께 죽으니 우리 사이좋
게 서로 살아 보자!"

　'희망의 마을City of Hope'이라는 암 전문 병원을 나오면서 그

간절함을 같이 하고 싶다. 인간은 지상의 나그네라고 한다. 나그넷길을 가는 동안 우리가 경험하는 고통은 천태만상이다. 마음대로 되는 기쁨보다 뜻대로 되지 않는 안타까움이 더 많은 것이 우리네 현실인데 그중에서도 생명과 관계된 건강 문제이다.

굴뚝도 없는 여자